LOIN DE RUEIL

DU MÊME AUTEUR

nrf

Pierrot mon Ami.

Un Rude Hiver.

Les Enfants du Limon.

Odile.

Les Derniers Jours.

Le Chiendent.

Gueule de Pierre (I).

Les Temps mêlés (Gueule de Pierre, II).

Les Ziaux.

Chêne et Chien (Denoël).

RAYMOND QUENEAU

LOIN DE RUEIL

roman

nrf

GALLIMARD

Vingt et unième Edition.

Il a été tiré de cet ouvrage treize exemplaires sur vélin de Hollande van Gelder, dont dix exemplaires numérotés de I *à* X *et trois exemplaires hors commerce marqués de* a *à* c.

Il a été tiré, en outre, mille exemplaires sur héliona Navarre, dont neuf cent cinquante exemplaires numérotés de 1 *à* 950 *et cinquante exemplaires hors commerce numérotés de* I *à* L. *Ces exemplaires portent la mention* EXEMPLAIRE SUR HÉLIONA *et sont reliés d'après la maquette de Mario Prassinos.*

ACHEVÉ D'IMPRIMER SUR LES PRESSES DES MAITRES IMPRIMEURS ARRAULT ET CIE, A TOURS, LE VINGT AVRIL MIL NEUF CENT QUARANTE-SIX

10.778.
N° 464. Éditions Gallimard.
Dépôt légal : 5-1-45.

I

I

Les ordures déboulèrent de la boîte métallique et churent en trombe dans la poubelle, coquilles d'œufs, trognons, papiers graisseux, épluchures. Une odeur molle et parasitaire accompagna cette déhiscence, pas si désagréable que ça cette odeur, un peu voisine du parfum de la mousse humide dans les bois très profonds mais avec un arrière-goût stanneux à cause du récipient à côté duquel on range le petit chariot qui sert à transférer tout ça le long du trottoir pour les boueux à l'aube. Débarrassée de son contenu la boîte allait au bout d'un bras viril reprendre le chemin de son sixième étage lorsque survint une bonne. Elle trouvait que ce n'était pas travail d'homme vider les détritus mais ne souffla mot discrète ne voulant pas commenter le spectacle de cette ombre masculine honorant de sa présence en robe de chambre le couloir de l'escalier de service.

Le gentleman propose de l'aider parce que ça lui avait l'air lourd ce qu'elle portait mais elle refusa. Il lui demande aussi si ça faisait longtemps qu'elle était dans la maison, non, du jour même. Il le savait car il connaissait tout le domestique de l'immeuble, leurs mœurs et leurs coutumes, les départs et les arrivées. Ils remontèrent ensemble silencieux. Ils arrivèrent en haut, tout enveloppé qu'il fût de soie à ramages il habitait au niveau des mansardes à cause tout simplement de son goût pour les ateliers de peintre sous les toits, quoique non peintre.

Il propose à cette fille de passer un moment chez lui. Comme vous y allez qu'elle rétorque. Il haussa les épaules. Pour qui donc le prenait-elle ? Il fit quelques pas pour aller discrètement frapper à certain huis devant lequel fredonna le sire quelques mesures de la Traviata. Aussitôt apparut une jeune personne à la fesse ferme qui sans hésiter suggère une belote à trois tout en demandant c'est donc toi la nouvelle. Je m'appelle Thérèse elle dit et l'autre répondit elle se nommait Lulu Doumer.

Le type insiste, ça lui plaît à Lulu Doumer une belote à trois ? Elle ne sait pas jouer. Il ouvrit la porte de son domicile et ils entrèrent. La lumière électrique fit apparaître aux yeux de Lulu Doumer ce qu'au cours de sa jeune vie elle n'avait pas encore eu l'occasion de voir : un intérieur d'artiste, tapis mous, coussins durs, chinoiseries, éclairages indirects, hallebardes moyenageuses, crucifikses bretons, acropoles photographiées, objets aussi faux que loriques et un tas d'autres trucmuches de la même farine.

C'est rien bath ici qu'elle dit Lulu Doumer avec ses quatorze ans.

— Ça te la coupe hein, lui dit Thérèse. Pas du toc tout ce bordel. Admire la consistance de la chose.

Mince alors qu'elle répéta Lulu Doumer avec ses petits nichons piriformes.

— T'en verras pas souvent des carrées comme celle-là, lui dit Thérèse. Tout le monde n'est pas poète.

Et tout le monde ne s'appelle pas Loufifi. Ainsi les habituées simplifiaient-elles le nom de Louis-Philippe des Cigales qui dans un placard fouillait. Il sortit une bouteille d'un alcool et des verres qu'il disposa sur un plateau. Il compléta par des gâteaux secs. Thérèse prit Lulu Doumer par le bras et l'entraîna vers une anfractuosité z-où gisaient les profondeurs sépulcrales d'un divan surplombé d'odeurs lourdes.

Ils s'installèrent on croqua du biscuit on but et Lulu Doumer l'estomac échaudé par un marc pur se sentit tout à coup tout à fait chez soi. Des Cigales déplia le tapis vert et déploya le jeu de cartes.

— C'est dommage qu'elle ne sache pas jouer à la belote, dit des Cigales.

— On ne va tout de même pas faire une partie de bataille, dit Thérèse.

— Elle ne doit pas connaître le bridge, dit des Cigales.

— Non monsieur, dit Lulu Doumer.

— Comme moi, dit Thérèse. Chaque fois que tu as voulu me l'apprendre je me suis mise à pioncer.

— Tu es une flemmarde, dit des Cigales qui brassait méthodiquement les brêmes. Alors qu'est-ce qu'on fait ?

— Je peux vous dire la bonne aventure, dit Lulu Doumer.

— Tu sais ? demanda Thérèse.

— Oui.

— Moi aussi, dit Thérèse.

— Tu m'as caché ce talent, remarqua des Cigales qui passa les lames à Lulu Doumer.

— Pour qui d'abord ? demanda Lulu Doumer.

— Pour lui, dit Thérèse.

— Pour moi, dit des Cigales.

— Coupez trois fois de la main gauche, dit Lulu Doumer.

— Voilà, dit des Cigales.

— Il n'y a que deux cartes dans le dernier tas, remarqua Thérèse.

— Ça ne fait rien, dit Lulu Doumer.

— Dans ce cas-là je fais recouper, dit Thérèse.

— Chacun sa méthode, dit des Cigales. Ne la trouble pas.

— Vous voilà, dit Lulu Doumer en extirpant le roi de cœur de la gangue du jeu.

Des Cigales acquiesça.

— Une femme blonde, continua Lulu Doumer. Trente-cinq ans. Profession ? Voyons voir. Couturière ? Non. Ah voilà le huit de carreau : elle tient un salon de coiffure.

— Vous pouvez lire ça dans les cartes ? demanda des Cigales.

— Elle t'épate, dit Thérèse.

— Alors c'est bien ça ? demanda Lulu Doumer.

— Je connais une dame qui fait ce métier, dit des Cigales.

— Je continue. Dix de cœur : vous l'aimez. Neuf de cœur : passionnément. Neuf de pique : elle ne vous aime pas. Sept de trèfle : tiens mais c'est vott dame ?

— Continue, dit des Cigales.

— Huit de carreau : elle aime une autre personne. Dame de carreau : ah bien mince alors ! je comprends plus ! C'est une femme !

— Tu comprends pas ! s'écria Thérèse. Pourtant pas difficile à réaliser mais t'es jeune encore.

— Mais ça ne m'apprend rien à moi tout ce que tu me racontes, dit des Cigales.

Lulu Doumer brouilla les cartes.

— Il ne faut pas te vexer, dit des Cigales.

— Il n'y a plus qu'à recommencer, dit Thérèse.

— A votre tour maintenant, dit Lulu Doumer à Thérèse.

— Merci, dit des Cigales, ça me suffit.

— Pour moi alors, dit Lulu Doumer.

Thérèse lui fit couper le jeu de la main gauche une fois seulement. Elle interrogeait les lames d'une autre façon. Des Cigales se mit à fumer morose et muet et Thérèse parla d'objets que l'on perd, de parents éloignés qui vous veulent du bien, de voyages avantageux et de maladies dont il ne faut pas s'inquiéter. Dans l'ensemble ce n'était pas mauvais.

— Tout ça n'est pas joyeux, dit alors des Cigales. Et comment serait-ce plus drôle que la vie ? Que ce soit avec deux jours d'avance ou bien avec trois mois de retard, toujours la même mélasse. Quand on joue on oublie un peu mais si c'est pour évoquer les tuiles passées alors; crotte !

— Ce qu'il y en avait du pique dans votre jeu, dit Lulu Doumer.

— Alors Loufifi on fait une partie d'écarté, proposa Thérèse, tous les deux ?

— Plus envie.

— Vous ne m'avez pas laissé le temps, dit Lulu Doumer, il y avait peut-être des bonnes cartes.

— Peut-être.

— Vous n'avez pas l'air de me croire.

— Loufifi n'a pas confiance, dit Thérèse, c'est à cause de sa maladie.

— Qu'est-ce que vous avez ? demanda Lulu Doumer à des Cigales.

— Une ontalgie, répondit Thérèse.

— Une quoi ?

— Une ontalgie.

— Qu'est-ce que c'est que ça ?

— Une maladie existentielle, répondit Thérèse, ça ressemble à l'asthme mais c'est plus distingué.

— Vous êtes drôlement calée, dit Lulu Doumer.

— C'est lui qui m'apprend ça bien sûr.

Des Cigales bourre une pipe et l'allume. Ses gestes sont mesurés et pesants. Lulu Doumer le regarde faire tandis que Thérèse esquisse une réussite.

Elle demande bientôt à Lulu Doumer :

— D'où que tu es ?

— De Tancarville près du Havre.

— Moua chsui dpari, dit Thérèse.

Des Cigales retira gravement la pipe de son bec. Il dit :

— De Paris emprès Pontoise.

Ceci proféré, il se replanta posément son calumet dans le visage.

— J'ai été une fois au Havre, dit Thérèse, voir la mer et les paquebots. C'est curieux.

Des Cigales dévissa son narghilé :

— Curieux c'est le mot, dit-il.

Et il revissa son chibouque.

— Ah bien moi, dit Lulu Doumer, figurez-vous que je n'y suis finalement allée qu'une fois, pour prendre le train de Paris. J'ai même pas vu la mer.

— Oh bien moi, dit Thérèse, je connais bien des gens à Rueil qui n'ont jamais vu Notre-Dame.

Des Cigales éloigna de quelques millimètres sa bouffarde de la bouche et après avoir lâché un jet de fumée :

— C'est exact, dit-il.

Puis il referma de nouveau ses mâchoires sur son houka.

— On ne doit pas s'amuser beaucoup dans votre bled, dit Lulu Doumer.

— Oh pour être calme c'est calme, dit Thérèse. T'as le cinéma le dimanche. Et si tu veux danser tu peux descendre jusqu'à Suresnes où l'on mange des moules et où les frites sont bonnes. Qu'est-ce que tu désires de plus ? Je sers une autre tournée ?

Des Cigales hocha le chef, affirmativement. Thérèse emplit de nouveau les petits verres.

— T'as aussi le musée, continua-t-elle, à la Malmaison. C'est plein de souvenirs du temps de l'Empereur. C'est là qu'il a fourré sa Joséphine quand elle a commencé à lui casser les pieds. Il était plutôt vache le Poléon mais les hommes sont tous comme ça. Ils n'hésitent jamais à sacrifier une pauvre femme pour arriver aux honneurs. C'est pourquoi moi je te le dis, pour des filles comme nous, te fie jamais à un type qu'a de l'ambition, il te laissera toujours choir un jour ou l'autre.

— Je ne vois pas pourquoi je n'irai pas moi-z-aussi-z-aux-z-honneurs, dit Lulu Doumer.

— Il te laissera tomber que je te dis.

— Et pourquoi que je n'essaierais pas d'y aller toute seule ? Moi-z-aussi je veux-z-être riche et hhonorée.

Des Cigales secouait sa cendre dans une assiette.

— Faut faire la pute alors.

— Elle n'est pas mal roulée, dit Thérèse. Qu'est-ce que tu en penses, Loufifi ?

Des Cigales concentra son regard sur Lulu Doumer.

Pas mal qu'il dit sentencieux.

— Alors, dit Lulu Doumer, pourquoi ne serais-je pas aimée par un type riche, un prince peut-être. Ça c'est vu.

— Ça c'est vu, dit gravement Thérèse.

— Un prince hindou ? demanda des Cigales.

— Pourquoi pas ? C'est les plus riches, avec leurs éléphants blancs et leurs diams gros comme une pomme.

— Il t'emmènerait là-bas.

— Sur son yashte particulier.

— Blanc et or j'en ai vu des comme ça dans le bassin du Commerce au Havre.

— J'aurai des domestiques, des bijoux et droit de vie et mort sur mes sujets.

— Tu t'ennuierais là-bas, tu regretterais Pontoise.

— Penses-tu. Et puis je reviendrais en France quand ça me plairait.

— S'il veut bien ton radjah.

— Oh ! il voudra ce que je veux.

Des Cigales la regarde en souriant.

Une petite qui a de la tête, qu'il dit paternel.

Et il ajoute :

— Jolie comme elle se présente elle ira loin.

— En Argentine, dit Thérèse.

Lulu Doumer sourit dans la direction du plafond.

— Elle voit son prince qui flotte dans les airs, dit Thérèse.

Lulu Doumer regarde on ne sait où. Elle gratte un petit coin du cuir chevelu d'un index recourbé avec distinction.

— Tu as des poux ? lui demande Thérèse.

Lulu Doumer ne répond pas : elle est très loin.

— Tu as des poux ? lui crie Thérèse dans l'oreille.

— Moi ? Non, répond Lulu Doumer.

— J'en ai bien eu moi, dit Thérèse.

— Pas tant que moi, dit des Cigales.

— Tu te vantes Loufifi, dit Thérèse.

— Moi-z-aussi j'en ai eu, dit Lulu Doumer, quand j'étais petite.

— Moi à l'école, dit Thérèse.

— Moi au régiment, dit des Cigales.

— Je suis rentrée chez moi. Ma mère m'a dit, Lulu comme t'es mal peignée. Elle me peigne. Qu'est-ce qu'elle trouve sur le peigne ? Un pou qui se promenait. Et il y en avait d'autres.

— Moi ma mère me disait tout le temps, Thérèse pourquoi donc que tu te grattes tout le temps la tête. Le fait est que je me grattais tout le temps la tête. A la fin elle y regarde, dans mes cheveux. Mon Dieu qu'elle dit ma mère, mais c'est des totos.

— Moi c'est au régiment, un jour je pose un regard distrait sur la planche à paquetage.

— Moi on m'avait mis un médicament salingue qui poissait mon oreiller.

— On m'a rasé la tête et on l'a brossée au savon noir. Ça fait mal, je pleurais. Et après les copines se moquaient de moi, et les garçons.

— Que vis-je sur ladite planche à paquetage ? Un pou.

— A la fin les poux sont tous morts mais ensuite il a fallu que je dorme sur un oreiller dégoûtant.

— Avoir le crâne tondu, pour une fille, pas drôle.

Le pou n'était pas à moi, il venait de chez mon voisin, un garçon bien sale et qui s'appelait Merluchon je ne sais pas pourquoi.

— C'est des drôles de bêtes, dit Lulu Doumer. Pourquoi le bonguieu a-t-il créé tout ça ?

— Et encore, dit des Cigales, vous ne connaissez que le pou de corps. Mais si vous aviez fréquenté comme moi le pou de vêtement, celui-là, mes enfants, alors celui-là, mes aïeux, il n'y a pas moyen de s'en débarrasser. Il faut les tuer un à un ou passer ses vêtements à l'étuve, c'est du travail.

— Le plus pratique pour les tuer, dit Thérèse, c'est avec les ongles.

— Ça fait crac, pouah ! dit Lulu Doumer.

— Tous les insectes ça fait crac quand on les écrase, dit Thérèse.

— Les hommes aussi font crac quand on les écrase, dit des Cigales. Suppose ma petite, qu'on te mette sous un marteau-pilon, tu ferais crac quand il te tomberait dessus.

— Quelle horreur ! dit Lulu Doumer en remettant en place une mèche folle.

— Ça ne va pas ? demande à des Cigales Thérèse qui l'examinait attentivement depuis cinq minutes.

Des Cigales ne répond pas. Thérèse insiste :

— Alors Loufifi, ça ne va pas ?

Depuis déjà cinq minutes, il faisait une drôle de gueule. Il s'assombrissait. Son visage s'enfonçait, s'allongeait, s'étirait. Lulu Doumer ne voyait rien parce qu'elle ne savait pas.

— Ça ne va pas Loufifi ?

Il agite la tête, ça veut dire non. Il ne respire plus bien du tout. Il ne veut plus parler. Le pourrait-il même. Même s'il voulait.

— Tu veux une piqûre ?

Il agite la tête, ça veut dire non. Il est maintenant penché, appuyé des deux mains sur ses genoux.

— Tu as tort. Tu sais bien qu'on finit toujours par t'en faire une.

Elle ajouta pour Lulu Doumer :

— Il s'imagine toujours que ça se passera mais ça ne passe jamais l'ontalgie, il espère toujours, il patiente et total on en vient toujours aux drogues.

Lulu Doumer n'entrave pas très bien ce qui se passe mais ça l'inquiète. Elle a peur que cet individu ne se répande par terre avec de la bave coulant des lèvres sur le menton comme on voit des gens dans les rues faire.

Louis-Philippe des Cigales des deux poings appuyés sur ses genoux, Louis-Philippe des Cigales penché commence à mal respirer tout simplement c'est-à-dire qu'il est en train de prendre conscience de sa respiration par le simple fait qu'elle ne fonctionne pas épatamment en ce moment. Louis-Philippe des Cigales on ne peut pas dire qu'il halète non on ne peut pas dire ça mais il est affligé en ce moment, ce moment après la prise de conscience de la difficulté de respirer, Louis-Philippe des Cigales est affligé d'une constriction des poumons, des muscles pulmonaires, des nerfs pulmoneux, des canaux pulmoniques, des vaisseaux pulmoniens, c'est une espèce d'étouffement, mais ce n'est pas un étouffement qui prend par la gorge, par le tuyau d'en haut, c'est un étouffement qui part d'en bas, qui part des deux côtés à la fois aussi, c'est un étouffement thoracique, un encerclement du tonneau respiratoire. Et maintenant et maintenant ça ne va plus du tout. Ce n'est pas un étouffement qui prend par le cou comme si on tenait ledit col de deux poignes solides, non c'est un étouffement qui monte des ténèbres du diaphragme, qui se déploie à partir de l'aisne, et puis aussi c'est un étouffement triste, un effondrement du moral, une crise de conscience. Et maintenant et maintenant ça ne va plus du tout, car c'est pire qu'un étranglement, pire qu'un encerclement, pire qu'un étouffement, c'est un abîme physiologique, un cauchemar anatomique, une angoisse métaphysique, une révolte, une plainte, un cœur qui bat trop vite, des mains qui se crispent, une peau qui sue. Louis-Philippe des Cigales n'est plus que le poisson jeté sur le plancher d'une barque et qui ouvre la bouche désespérément parce qu'il se sent mourir et parce qu'il va mourir. Mais Louis-Philippe des Cigales qui sans bouger de son fauteuil a été lancé dans un monde où les hommes ne parviennent pas plus à respirer que les aquatiques sur terre arrachés à leur eau, Louis-Philippe des Cigales ne mourra pas bien qu'il se sente mourir, il ne mourra pas encore cette fois-ci, il respire de plus en plus fort, et la respiration s'arrête, rien ne rentre dans la poitrine, on croit qu'il n'y a pas moyen de tenir, et puis on tient quand même. La grande atmosphère qui entoure ce globe où pas plus gros qu'un pou vit Louis-Philippe des Cigales, la grande atmosphère bien qu'il ouvre spasmodiquement le bec avec des amplitudes croissantes, elle n'arrive pas à pénétrer ses profondeurs à lui, l'homme pas plus grand qu'un pou, il y a un petit espace où elle ne pénètre point, un petit espace tout ramifié pareil à un arbre double et qui ne veut pas de la grande atmosphère.

Thérèse insiste :

— Alors ? Je te fais une piqûre ?

Il hogne. Il acquiesce.

— Philontine ou Néantine ?

Oh ça lui est égal.

Lulu Doumer le regarde accablée. Pauvre monsieur qu'elle pense, il n'a même plus le courage de choisir son médicament c'est pourtant grave la thérapeutique. Thérèse va chercher la seringue et la médecine, Thérèse va faire bouillir de l'eau. Durant toutes ces minutes Loufifi continue sa lutte, son combat solitaire, ses gesticulations pulmoniales, la sueur coule aigre, abondante. Son regard se perd bien au delà de ce qu'on pourrait croire. Pauvre pauvre monsieur qu'elle pense Lulu Doumer.

— C'est prêt, crie Thérèse.

Il s'est levé. S'aidant d'un meuble puis d'un autre il atteint son lit. Il déboutonne ses bretelles, sa braguette, il retrousse sa robe de chambre, il baisse pantalon puis caleçon et il se couche après avoir montré ses fesses à Lulu Doumer qui trouve que décidément c'est original dans le coin.

Thérèse tâte une cuisse, cherche le bon endroit qu'elle finit par trouver, elle frotte la pelure avec un coton imbibé d'alcool, et toc elle plante l'aiguille, puis c'est la lente coulée de la drogue dans le sang. Des Cigales époumoné regarde le plafond avec exaltation; il a l'air parti. Kidnappé par cette expérience de l'agonie, il sue et crispe les doigts convulsivement. On dirait qu'il va mourir, ses yeux semblent montrer qu'il se trouve déjà bien loin. Non il ne mourra pas, non il ne mourra pas, des minutes passent navrantes mais peu à peu l'étouffement cesse, la carapace qui se rapetissait écrasant sa poitrine se dissout, il parvient de temps à autre à réussir une longue inspiration des minutes passent encore, des Cigales étendu tout de son long respire à peu près correctement, les poumons sifflent et glougloutent pleins d'un mucus en ébullition. Loufifi gît muet immobile et Thérèse lui demande :

— Veux-tu qu'on te laisse ?

Il ferme les yeux puis les rouvre, solennellement. Thérèse jette sur lui une couverture.

Elle emmène Lulu Doumer.

De la chambre de Thérèse on voit les collines de Paris effervescentes et pailletées, Lulu Doumer regarde et dit :

— La province peut s'aligner. C'est rien bath.

Thérèse sort une bouteille de chartreuse garée sous son lit. Lulu Doumer a droit à une petite tasse, elle-même se verse sa dose dans son verre à dents.

— Quelle heure est-il ? demande Lulu Doumer.

— Onze heures.

— Déjà. Tu le soignes souvent comme ça ?

— Parle moins fort, tu vas le réveiller. Quand il sent sa maladie qui vient ou quand il a besoin de moi il cogne contre le mur et je m'amène si je suis là. Mais c'est surtout la nuit que ça le prend et la nuit je suis presque toujours là.

— Il te paie ?

— Il me fait des petits cadeaux mais je le soignerais bien sans ça. C'est un copain.

— Qu'est-ce qu'il a au juste ? les estranguillons ?

— Quoi ?

— Les estranguillons. C'est comme ça que ça se nomme du côté de Tancarville dans la Seine-Inférieure.

— On ne doit pas connaître cette maladie-là chez tes péknos, vu que c'est une maladie toute récente, existentielle en plus de ça.

— Comment que tu m'expliques la chose ?

— Existentielle que je dis. On connaît le nom mais on ne vous guérit tout de même pas.

— Au fond les poux est-ce que ça compte pour une maladie ?

— Peut-être même que c'est existentiel les poux. Faudrait se renseigner auprès d'un toubib.

— En tout cas ce qu'il a l'air de souffrir le pauvre bonhomme.

— Dis donc il n'est pas si vieux.

— Qu'est-ce qu'il fait comme métier ?

— Poète.

— Comme Mallarmé ?

— Oui.

— Aussi célèbre ?

— A Rueil il est très connu, à Nanterre et à Suresnes un peu moins.

— Dis donc, c'était vrai ce que je lisais dans les cartes ?

— Oui. Sa femme l'a plaqué et pas pour un autre homme.

— Pourquoi alors ?

— Réfléchis cinq minutes.

— Je ne savais pas que ça existait des mœurs pareilles.

— Oui, c'est dégueulasse, mais il faut de tout pour faire un monde.

— Et il l'aime toujours cette bonne femme ?

— Paraît.

Le mur transmit quelques coups sourds.

— Le voilà qui m'appelle, dit Thérèse.

Elles liquidèrent leur chartreuse.

— Excuse-moi mon petit, dit Thérèse, je vais voir ce qu'il me veut.

Elles sortirent. Lulu Doumer alla vers sa chambre, Thérèse entra chez des Cigales. La lampe de chevet éclairait un visage de noyé qu'on vient de hisser sur la berge. Des Cigales fermait les yeux.

— Ça ne va toujours pas ? demanda Thérèse doucement.

Des Cigales ne bouge pas.

— Loufifi, dit Thérèse à mi-voix.

Des Cigales ouvre les yeux.

— Ça ne va toujours pas ?

— Morphine, dit des Cigales.

— Tu veux que je t'achève ?

— Morphine, dit des Cigales.

— Tu ne veux pas voir si ça ne va pas se passer tout seul maintenant ?

— Morphine, dit des Cigales.

— Très bien, on va t'assommer.

— Merci, murmura des Cigales qui prenant ses aises s'allongea tout de son long dans le grand espace extatique engendré par la piqûre.

Au réveil il y a encore en lui des râles d'un goût métallique, de métalloïde plutôt, presque le soufre, pas tout à fait, mais le soleil est là déjà haut dans le ciel. Des Cigales se lève en chantonnant, se lave promptement, l'hygiène n'est pas faite pour les poètes, il s'habille avec méthode et recherche, il sort et renifle le grand air avec méfiance, il se risque enfin par les rues allégrement assez, il salue des gens à droite à gauche, il entre chez Arthur le café respectable, il y a là L'Aumône, il s'assoit à sa table car l'autre paiera les consommations, et l'on se congratule à propos du temps qu'il fait qui est beau, et l'on se fait servir l'apéritif le plus fort en alcool que l'on connût à l'époque.

— Et comment va la chaussette ? demande des Cigales.

— Plutôt bien, répond L'Aumône qui en fabrique et n'a pas de préjugés à cet égard.

Dans le temps jadis L'Aumône mit au monde une ode une seule une, il avait dix-huit ans il prit sa plume et pendant un mois s'exténua sur ses octosyllabes et depuis il conservait un faible por les arts por la poésie por les intellectuels, il admirait donc des Cigales et ce d'autant plus que ce dernier paraissait être le seul grand homme que l'on pût rencontrer à Rueil il est vrai méconnu car il ne semblait pas que sa renommée dépassât de beaucoup les limites de cette commune passablement suburbaine.

— Du moment que la chaussette elle va tout va, proféra des Cigales.

— Dame oui ! dit L'Aumône en riant. La chaussette est un des signes de la prospérité publique.

— Tout beau ! s'écria des Cigales. Tout beau, L'Aumône ! Et la poésie alors ?

— Je vous la laisse, des Cigales. Vous savez bien que je ne suis qu'un pauvre petit industriel, un vulgaire bourgeois.

L'Aumône admirait sincèrement la prestance de son interlocuteur, le jeté de la cape, le crayeux de la guêtre, le nœud de la lavallière, la longueur du cheveu, la largeur du feutre noir.

— Allons, allons, pas de fausse modestie. Vous avez bien pondu un sonnet dans votre vie ça n'existe pas les gens qui n'ont pas pondu un sonnet au moins dans leur vie même en ces temps de marasme poétique.

L'Aumône finit par avouer son ode.

— Vous voyez ! s'écria des Cigales. Il faudra me la montrer.

L'Aumône l'avait incinérée.

— Dommage, fit des Cigales.

— Je sais bien qu'elle ne valait pas grand'-chose, ce n'est pas comme celle que vous avez écrite sur le bois de Saint-Cucufa et la route de l'Empereur. C'était torché.

— Je suis heureux de vous l'entendre dire.

— Et votre épicalame pour le mariage de mademoiselle Offroir et du jeune Morelien jeune and C°, ce que ça pouvait être émouvant.

— Je fais de mon mieux.

— Et l'églogue sur la guinguette au père Pou : désopilante !

— Je concède qu'elle est bien venue.

— Vous pouvez faire des poèmes sur tous les sujets.

— Même sur les chaussettes. Ça se chante aussi, la chaussette.

— Je me demande comment ça vous vient l'inspiration ?

— En général en me retenant d'uriner.

— Il y a un rapport ?

— Un rapport certain. De contention.

Offroir arriva. Il s'assit à leur table car il savait bien lui aussi que L'Aumône avait accoutumé de payer les consommations des intellectuels du canton. Il était entomologue. On se congratula sur le temps qu'il faisait qui était beau et l'Offroir se fit servir l'apéritif le plus fort en alcool que l'on connût à l'époque.

— Pour revenir à moi-même, dit des Cigales, je suis un paradoxe vivant.

— Commentez-nous ce propos, dit Offroir.

— Eh bien ! contrairement au proverbe qui

veut que le prophète ne le soit pas en son pays ici je fais autorité. On m'admire. Le maire m'admire. L'adjoint m'admire. Le rédacteur en chef du Nouvelliste de Rueil m'admire. L'Aumône m'admire. Offroir m'admire. L'épicier m'admire. Le garde-champêtre m'admire. Tout Rueil m'admire et Nanterre même et Suresnes et Courbevoie. Malheureusement dès qu'on a passé la Seine on ne me connaît plus et les poètes de ces régions m'ignorent. Ceux de Paris par exemple et même ceux de Neuilly ricanent en entendant prononcer mon nom ce qui ne leur arrive jamais d'ailleurs, ils ne ricanent donc même pas : les cuistres !

— Nous habitons si loin de la capitale, dit L'Aumône.

— Après tout tel Jules César j'aime mieux être le premier à Rueil que le je ne sais combienième à Paris.

— Pourquoi ne seriez-vous pas aussi le premier à Paris ? s'écrie L'Aumône avec enthousiasme.

— C'est à cette heure-là que tu rentres, lui demande sa femme.

— C'est vrai que je suis en retard. Figure-toi minouchette que je suis resté chez Arthur à pernoter avec des Cigales.

— La société des artistes ne te vaut rien. Et te voilà maintenant affligé d'une trogne de saoulaud.

— Chtt ! chtt ! voilà le petit. Bonjour Jacquot !

II

Jacquot riposte par un bonjour papa et la bonne accourt avec un madame est servie.

— Figure-toi, continue L'Aumône, qu'au beau milieu de la conversation des Cigales m'a déclaré « ça se chante aussi la chaussette », c'est gentil de sa part tu ne trouves pas ?

— Qu'est-ce que ça veut dire ?

— Ça veut dire minouchette que je vais lui proposer de m'écrire un petit poème en l'honneur de mes chaussettes. Je le lui paierai un louis par exemple !

— Tu es fou ! Vingt francs ! Il faudra que tu en vendes des paires de chaussettes supplémentaires pour rattraper cette dépense !

— Mais songe donc : un poème de des Cigales. Jacquot, ne mets pas tes coudes sur la table et dis-moi quelle espèce de poésie je peux lui demander de me fabriquer.

— Un rondeau par exemple, papa.

— Dis-nous ce que c'est.

— Un rondeau est un poème de forme fixe de treize vers sur deux rimes avec une pause au cinquième et une au huitième et dont le ou les premiers mots se répètent après le huitième et après le treizième sans être eux-mêmes des vers.

— Ce qu'il est intelligent ! s'exclame L'Aumône. Je comprends que tu sois toujours premier en grammaire.

— Après tout, cela vaut peut-être un louis.

— Tu peux être sûre que je tournerai encore sept fois mon porte-monnaie dans ma poche avant de les lui donner.

— Si c'était idiot tu en serais de ton louis.

— Je demanderai à voir avant de payer. D'ailleurs il a du talent ce des Cigales. Regarde son épicalame pour le mariage de mademoiselle Nouzière et du jeune Morelien jeune and C°.

— Thalame, dit Jacquot. Tha, papa, pas Ca, papa, Tha, papa.

— Tu es un jeune savant, s'écria L'Aumône extasié.

Après le hors-d'œuvre l'entrée passe sur la table puis ce sera le rôti. On leurzy fait tonneur.

— Voilà qui est bel et beau, dit madame L'Aumône, mais il n'y connaît rien en bonneterie, ce poète. Est-ce qu'il se rend seulement compte de comment c'est fait une chaussette ?

Est-ce qu'il se rend seulement compte de notre clientèle ? Je parierais bien que non.

L'Aumône mastique une réflexion.

— Tu as peut-être bien raison, minouchette. Je pourrais lui donner quelques indications par écrit mais ça va peut-être le vexer.

— Il faut bien le documenter.

— C'est qu'il a de la dignité. Il n'est pas que poète, il est noble.

— Mais il a un titre ?

— Il est comte, minouchette, il est comte !

— Comte des Cigales ? se permit de demander Jacquot.

— Oui mon fils, et d'une très vieille famille apparentée aux Noyes et aux Broyes.

Ne pas être comte, duc ou prince étonne Jacques L'Aumône. Rien ne s'oppose à ce qu'il devienne un jour pape roi de France ou grand lama mais il est stupéfiant de penser qu'on n'est pas né prince duc ou comte et pourtant pourtant pourquoi pas soi pourquoi pas soi. Comte par exemple ne semble pas après tout si sensationnel que cela puisque des Cigales l'est bien qu'on voit par les rues de Rueil promener tous les accessoires du poète sauf la lyre cachée on ne sait où. Jacquot le trouve plutôt ridicule ce comte, il estime que ça lui irait mieux qu'à ce bonhomme ce titre de noblesse, il a toujours eu conscience de son aristocratie. Aussi le jour où s'étant levé de table à hauteur de la salade il força le secrétaire de sa mère et y découvrit une correspondance prouvant nettement sa filiation adultérine et descigalienne, il n'en fut pas autrement étonné. Il se trouvait donc ainsi apparenté aux Broyes et aux Noyes. La généalogie aidant, il remontait aux ducs de Saint-Simon, puis à des bâtards royaux, à Philippe le Bel enfin qui plaisait bien à Jacques L'Aumône, surtout comme ancêtre. De là on parvenait facilement à Hugues Capet. Ainsi lui Jacques L'Aumône se trouvait être de sang non seulement bleu mais royal. A sa majorité, il hérite du château d'Amboise et ne tarde pas à se marier avec la fille du roi d'Italie. Cependant le comte de Paris reconnaît ses droits à la couronne, il abdique en sa faveur, un coup de force a lieu et voilà Jacques L'Aumône qui monte sur le trône de France sous le nom de Jacques Ier, premier du nom et fondateur de la dynastie des Laumoningiens. Il se fait couronner comme Charles X et Charles VII dont les onctions figurent à des titres divers dans les histoires de France. Mais à ce moment-là son père pas son vrai père des Cigales mais le faux : Théodore L'Aumône dit en soupirant devant la crème à la vanille :

— Et dire que ce pauvre des Cigales tout poète et tout noble qu'il soit sa femme l'a cocufié, et d'une drôle de manière encore.

— Chtt ! Chtt ! Devant le petit !

Jacquot baisse le nez, il n'est pas sans connaître la signification du mot et bien sûr que lui il ne le sera jamais, cocu. La princesse italienne par exemple elle ne le trompe pas. Elle l'aime à la folie. Le roi d'Italie mort, il en hérite, turellement, et il devient ainsi könig des Lombards. Ce coup-ci c'est le pape qui le couronne, à Rome même, comme Charlemagne. Il transforme l'île d'Elbe en un royaume indépendant où il installe le prétendant bonapartiste et il accorde à la Corse son autonomie; il en devient roi sous le nom de Jacopo Primo. Mais alors il s'aperçoit que la princesse italienne le trompe malgré sa triple couronne. Elle s'est offert un amoureux un général quel général un général le général de la Garde le maréchal Pastourelle pourquoi Pastourelle ? pourquoi pas Pastourelle ? Un jour en revenant de la chasse il les trouva tous deux assis sous un pommier en fleurs; d'un coup de carabine il zigouille le militaire et comme son épouse s'enfuit il lui tire dessus. La princesse italienne le postérieur défiguré par les chevrotines entre dans un couvent où elle finit ses jours. Et ses nuits. L'honneur est sauf.

— Qu'est-ce que tu as à sourire tout seul comme ça, lui demande sa mère.

— Je ne sais pas, maman.

— Il y a des fois où je me demande si ce garçon n'est pas un peu fou.

— Allons voyons, minouchette, comment peux-tu dire ça. Il n'y a pas de dingos dans ta famille, dans la mienne non plus.

C'est malheureux parce qu'il n'y a rien de tel pour vous donner du génie que d'avoir un oncle cinglé ou une grand'mère sinoque.

— Tiens le voilà qui continue à rire en dedans.

— Fiche-lui donc la paix à cet enfant, minouchette. Tu le tourmentes inutilement.

— Papa, dit Jacquot.

— Mon fils ?

— Je peux aller au cinématographe ?

— Tu as fait tes devoirs ?

— Oui papa.

— Eh bien va au cinématographe, mon fils.

— Ne traîne pas après la sortie, dit sa mère.

Dehors, Lucas l'attendait.

Ils se mirent en route d'un rythme égal, puis la chose les amusant ils marchèrent au pas.

— Une deux, une deux, dit Lucas.

— Halte ! cria Jacquot.

Ils s'arrêtèrent en claquant les talons et ils firent le salut militaire.

— En avant, arche ! hurla Jacquot.

— Une deux, une deux, faisait Lucas.

Mais en arrivant dans la rue principale ils cessèrent parce qu'ils ne voulaient pas que les autres enfants se moquassent d'eux. Ce n'était plus jeu de leur âge.

Ils arrivèrent devant le Rueil Palace. Des groupes frénétiques et puérils attendaient l'ouverture.

— Ça va être rien bath, disait-on en regardant les affiches.

La fille Béchut commence à distribuer les billets à dix et à vingt ronds. On se bouscule. Une horde farouche se précipite sur les meilleures places les plus proches de l'écran comme si tous étaient myopes. On s'interpelle car ils se connaissent tous et il y a des farces, des pugilats. Jacques et Lucas se ruent sur les premiers rangs eux aussi.

La mère Béchut se montre enfin aux applaudissements de l'assistance et assommant un vieux piano elle exécute de douze fausses notes dans la clé de sol un morceau de musique sautillant et pimprené qui fut peut-être célèbre. Puis vient le documentaire, la pêche à la sardine. Les gosses ça les emmerde le docucu, et comment. De plus ils n'ont pas des bottes de patience. Conséquemment s'agite la salle et bientôt les cris s'enflent au point que les rares adultes présents ne pourraient plus goûter les harmonies béchutiennes même s'ils le désiraient les imbéciles. Puis ensuite après au milieu d'un chahut général s'estompent les sardines. On fait la lumière. Les gosses s'entrexaminent et se lancent des boulettes de papier ou des bouts de sucette gluants. Enfin de nouveau la lumière s'éteint.

On fait silence. Le premier grand film commence.

Se profila sur l'écran un cheval énorme et blanc, et les bottes de son cavalier. On ne savait pas encore à quoi tout cela mènerait, la mère Béchut tapait à cœur fendre sur sa grelottante casserole, Jacques et Lucas tenaient leur siège à deux mains comme si ç'avait été cette monture qu'ils voyaient là devant eux immense et planimétrique. On montre donc la crinière du solipède et la culotte du botté et l'on montre ensuite les pistolets dans la ceinture du culotté et l'on montre après le thorax puissamment circulaire du porteur d'armes à feu et l'on montre enfin la gueule du type, un gaillard à trois poils, un mastard pour qui la vie des autres compte pas plus que celle d'un pou, et Jacquot n'est nullement étonné de reconnaître en lui Jacques L'Aumône.

Comment est-il là ? C'est assez simple. Après avoir abdiqué pour des raisons connues de lui seul Jacques comte des Cigales a quitté l'Europe pour les Amériques et le premier métier qu'il a choisi de faire en ces régions lointaines est celui d'orlaloua.

En ce moment par exemple il inspecte la plaine debout sur un éperon rocheux qui domine la vallée, il finit par apercevoir là-bas à l'horizon quelque chose on ne sait pas encore très bien quoi. Il fait un geste, un grand geste purement décoratif qui zèbre l'écran de toute la promesse de rares aventures et le cheval qui jusqu'alors piaffait fout le camp au galop.

On les voit qui déboulent des pentes, à pic parce qu'on a mis l'objectif de travers, sans le dire. Ils sautent par-dessus d'imprévus obstacles ou voltigent par-dessus des ruisseaux. Ils s'engagent sur une petite passerelle qui joint sans garde-fou les deux rives escarpées d'un torrent et le vertige ne saisit pas Jacques lorsqu'il aperçoit à cent mètres au-dessous de lui le bouillonnement des eaux. Un peu après ce passage un défi (semble-t-il) aux lois de l'équilibre, notre héros se précipite menaçant sur un chariot bâché que conduit un vieil homme et que traînent approximativement deux ou trois mules.

Haut les mains, le vioc obtempère, mais alors ô merveille, une superbe et idéale innocente et blonde jeune fille apparaît et le cinéma sans couleur doit s'avouer impuissant à rendre la céruléinité de ses châsses. Jacques galant homme ne lui fera pas le moindre mal non plus qu'au croulant qui n'est autre le papa. Au contraire il les va protéger. Il les accompagne et caracole près de la beauté qui s'apprivoise. Le paternel fait glisser son émotion en s'huilant le gosier avec du visqui, c'est un gai luron qui trémousse encore joliment des doigts du pied qu'il n'a pas dans la tombe.

Tout d'un coup, voilà ce qu'on craignait et

ce qu'on espérait : cinq ou six lascars se sont embusqués derrière les rochers. Haut les mains qu'ils crient eux aussi mais Jacques ne se laisse pas impressionner : il se jette à bas de son cheval et que la poudre parle ! Elle ne parle pas, elle siffle ! Non pas elle, les balles ! Sifflent. En tout cas voilà déjà un des assaillants sur le carreau : il voulut montrer son nez hors de sa cachette et toc c'est un mourant. Un second, fantaisie singulière, change d'abri. Notre héros l'atteint d'un plomb agile et le desperado faisant une grimace s'écroule, supprimé. La jeune personne s'est planquée derrière le chariot, elle utilise une carabine élégante et jolie pour faire le coup de feu. Un grand méchant à moustaches noires vise avec soin Jacques L'Aumône, pan la jolie blonde lui enlève un bout de biceps d'une balle rasante. Cet exploit provoque la retraite des agresseurs. On se congratule quand tout à coup on s'aperçoit que le paternel est mort. Il a reçu un coup de pétard dans le buffet. Il est plein de grains de plomb. Il n'y a plus qu'à l'enterrer.

On l'enterre.

Mais que va-t-elle devenir, la charmante orpheline, plus belle encore d'avoir ses yeux tout humides. Elle a de plus en plus besoin d'un protecteur et comme elle voudrait bien aller à Houston (Texas) rejoindre son frère, Jacques propose de l'accompagner.

Elle veut bien, mais arrivés en ville, minute, faut se séparer. Jacques s'incline, on est galant ou on ne l'est pas. Ben. D'ailleurs la gosse n'a pas froid aux yeux malgré son innocence et saurait bien répondre d'une balle dans le buffet à des propositions trop hardies. Elle demande où est son frangin, orphelin qui s'ignore. On lui dit qu'il est au bar. Elle n'hésite pas un seul instant. Malgré la sale réputation de ces endroits la voilà qui pousse la porte à double battant et entre. Ce n'est pas un bar pour rire. Il est immense et tonitruant, on n'y boit que du tord-intestins et les citoyens qui se montrent là sont des vachement durs, quant aux femmes court vêtues et pailletées des durement vaches.

La petite qui se nomme Daisy par conséquent cherche partout son frère. L'idée lui vient de s'adresser au patron. Ça doit être ça le patron : il a une redingote grise et une grosse moustache au-dessus d'un ventre qui commence à pousser. « Pardon, Monsieur, avez-vous vu mon frère, l'orphelin Billy ? » Le patron veut avoir des détails, la conversation l'intéresse : on devine pourquoi. Encore un satyre. Venez donc voir dans ce coin-là qu'il lui dit à la petite, venez donc voir s'il est pas caché par là. Petit petit petit. L'innocente le suit. Le salaud ferme la porte derrière lui et commence à relever les babines avec concul-puissance. Oh ! le vilain sagouin. La petite y passerait sans doute si

Jacques n'entrait pas là comme par hasard. D'une taloche sur l'occiput il aplatit le patron dégonflé. Çui-ci en croque sa moustache et grince des dents. Pas difficile de deviner qu'il leur revaudra ça et qu'il va couver une vacherie pas ordinaire.

Jacques s'incline galamment : « Puis-je vous être utile à quelque chose, mademoiselle ? » Elle sourit et répond : « Je cherche mon frère l'orphelin Billy. » Billy ? Il ne connaît que ça. Hélas, c'est pas un frère très respectable. Il le lui montre. Billy au premier étage s'enivre, de surcroît une cocote est assise sur ses genoux. Horreur qu'elle fait la petite. Jacques arrache à la débauche le pauvre orphelin, c'est encore le sujet, et l'objet, d'une bagarre maison.

Tout finit par s'arranger; Jacques offre un ranch à Daisy, ce qui permet à la petite d'exhiber une jupe-culotte et des bottes blanches.

Cependant le responsable du beuglant n'a pas digéré l'avanie à sézigue infligée par le fondateur de la dynastie des Laumoningiens. Il recrute quelques Apaches et les lance dans le circuit. Ils enlèvent la poupée et Jacquot suivi du frangin qu'en a toujours un coup dans lnez fonce à leur poursuite. Ça galope pendant cinq minutes ça barde pendant trois et en fin de compte il délivre la mignonne mais comme ça l'embête de l'épouser car il n'a pas encore envie de faire une fin il préfère s'acclimater une balle mortelle dans lbuffet quitte à ressusciter ultérieurement.

— Alors, Jacquot, ça t'a plu ce beau film ?

Jacquot se retourne. Des Cigales est derrière lui.

— Voui msieu, qu'il répond impressionné : dame un papa putatif et titré.

— Tu aimes ça le cinématographe ?

— Voui msieu.

— Moi aussi. Cet art — car c'en est un — nous fait oublier les misères de la vie quotidienne.

— Voui msieu.

— Tu veux une sucette ?

— Voui msieu.

— Et ton petit camarade ?

— Voui msieu, dit Lucas.

Des Cigales achète des sucettes : trois dont une pour sa pomme.

— Merci msieu, disent les enfants.

Des Cigales pérore :

— Quand je vois un film comme celui que nous venons de voir, je me transporte sur la toile par un acte en quelque sorte magique et en tout cas transcendantal et je me retrouve prenant conscience de moi-même en tant que l'un des héros de l'histoire à nous contée au moyen d'images plates mais mouvantes.

Les enfants se regardent.

— Par exemple dans celui qu'on vient de

nous projeter devant les orifices visuels... Mais par exemple toi mon petit Jacquot lequel de ces personnages te croyais-tu ?

Jacquot hésite. Il trouve la question terriblement indiscrète et recule devant une telle confidence.

— Le type qui meurt à la fin ?

— Voui msieu.

— Et toi mon petit ?

— Moi-z-aussi msieu, dit Lucas.

— Eh bien moi, dit des Cigales, j'étais Daisy.

Et rêveur il suce son bonbon. Les enfants se regardent.

Attention ! voilà que sonne la sonnette. L'entr'acte se termine, quelques boulettes gluantes de salive transpercent encore les airs, des cris divers surgissent tardifs çà et là, enfin la lumière s'éteint et dans un calme plat commence à se dérouler l'histoire d'un inventeur trompé par sa femme d'une part et frustré du fruit de ses découvertes par des gredins sans scrupules d'autre part. Voilà qui intéresse singulièrement Jacques L'Aumône car il est lui-même ingénieur et travaille à plusieurs inventions sensationnelles. La séance terminée il retourne hâtivement à son laboratoire et se remet au travail avec une ardeur accrue. Ce n'est pas lui qui se laissera dépouiller car le voilà prévenu; on ne peut nier l'utilité de l'art muet. Il travaille donc, il travaille, il travaille. Mieux ! il phosphore il rupine à bloc et un jour brraoumm il eurêkate ça y est il a trouvé. Il a trouvé quoi ? Mais tout simplement le plus lourd que l'air.

Le premier il traverse la Manche, le premier il assure la liaison Paris-New-York, le premier il fait le tour du globe d'un seul coup d'aile. Comme il est un petit malin et de plus un homme prévenu il a pris des tas de brevets, il est donc le seul à fabriquer des avions, il en produit en série, il devient trillionnaire et par conséquent l'homme le plus puissant du monde. Il remonte sur le trône des Laumoningiens et finalement on le proclame Régisseur du Globe. Cocufié, méconnu, ruiné, le pauvre inventeur meurt.

Revient la lumière.

— Tu chiales ? demande Lucas.

— Moi ? tu rigoles, répond Jacquot en reniflant.

— Alors c'était beau ? demande sa mère.

— Oui mman.

— Qu'est-ce que tu as vu ?

— Des inepties sûrement, interrompt L'Aumône. Je ne comprends pas que tu poses des questions pareilles. C'est idiot le cinéma. Il n'y a que les gosses qui vont voir ça.

— Il y avait monsieur des Cigales derrière moi, dit Jacquot.

— Des Cigales !

— Oui ppa. Il y va deux fois par semaine.

— Des Cigales ?

— Oui ppa. Et ça lui plaît beaucoup par-dessus le marché. Ce qu'il préfère c'est les films du farouest et après, ceux où l'on montre un beau crime bien sanglant. Il me l'a dit.

— Hé bien ! Je n'aurais jamais cru ça de des Cigales.

— Tu vois, dit madame L'Aumône, comme souvent on se fait de fausses idées des gens.

Jacquot se gratte la tête.

— Tu n'as pas attrapé de poux au moins ? demande sa mère.

— Non mman. Je ne crois pas.

— Parce que ça doit être plein de petits voyous ton cinéma.

— Puisque je te dis maman que monsieur des Cigales y va.

— Ça peut arriver à tout le monde de récolter des poux, dit L'Aumône. Ainsi moi...

— On sait, on sait, dit son épouse. Au régiment que tu en as attrapé.

— Les vaches ! ils me faisaient tellement enrager que j'étais sans pitié. Chaque fois que j'en saisissais un je te le plaçais entre deux ongles et crrrac je te le martyrisais jusqu'à ce que mort s'ensuive. Ah les sales bêtes !

— Comme tu es méchant mon doudu.

— Quoi qu'il en soit je trouve peut-être préférable que Jacquot ne retourne pas dans cette salle de spectacle.

— Mais puisque je n'ai pas de poux !

— On verra. On verra.

— Dis ppa, tu ne me feras pas ça.

— Je réfléchirai. Je réfléchirai. En tout cas dimanche prochain tu sors avec nous et les Magnin. Nous irons nous promener dans la forêt.

— Flûte alors.

D'abord il faisait la tête. Dominique la plus âgée s'en moquait, elle affectait de s'agréger aux grandes personnes. Camille commença par bouder. Ensuite ils se séparèrent des grands et marchèrent en silence.

Il y a sous bois de vagues petites fleurs qui ne montent pas bien haut et qui sont bien pâles. Camille en cueillit une, elle la mit sous le nez de Jacquot.

— Tiens, sens !

Jacquot renifla consciencieusement.

— Ça ne sent rien, dit-il.

Elle en ramassait d'autres. Il la regardait faire distraitement.

— Tu ne m'aides pas ? demanda-t-elle.

Lui aussi se mit à en chercher mais ça ne l'intéressait vraiment pas. Elle, cependant, arrivait à se constituer un bouquet.

— C'est joli, dit-elle, le bleu.

— Ça te va bien, dit Jacquot.

— Tu es galant.

Jacquot se donne une contenance en sortant

de sa poche un gros couteau de scout avec des vilebrequins, des scies, des harpons. Il délivre la grande lame et se met à se curer les ongles avec, élégamment.

— Qu'est-ce que tu penses de ma sœur ? demande Camille.

D'un geste décidé, il lance son eustache contre un arbre mais il rate son coup et l'objet tombe à terre.

— Je m'en fous de ta sœur, dit-il en le ramassant.

— On s'assoit ? propose Camille.

Ils choisirent l'endroit idoine. Jacquot nettoya sa place de toutes les brindilles qui eussent pu gêner le confort de son assiette et s'installa. Camille s'assit à côté de lui. Aïe gémit-elle et elle sortait les petits bouts de bois et les petits cailloux de dessous son derrière et les jetait au loin. Jacquot plonge à plusieurs reprises son surin profondément dans l'humus et ça sent tout d'un coup la chair de champignons défunts, puis changeant d'idée il fait sauter son arme à plat dans la main.

— Tu vas te couper, dit Camille.

Il ne haussa même pas les épaules.

— Tu vas te couper, répéta Camille.

Mais il étala sa main sur le sol doigts étendus et se mit à planter son couteau très vite dans chaque intervalle.

— Je ne veux pas regarder ça, dit Camille.

Elle se détourna. Jacques cessa son jeu.

— Tu as été au cinéma cette semaine ? demanda-t-elle.

— Oui. Jeudi. Et s'il n'y avait pas eu la corvée de ballade avec tes parents j'y serais allé aujourd'hui aussi.

— Tu n'es pas gentil pour moi en disant ça.

— Avoue que ce n'est pas rigolo de se promener avec les croulants.

— Oui mais il y a moi !

— C'est vrai. Mais quelle barbe quelle barbe à part ça. Heureusement que tous les dimanches ne sont pas pareils. La semaine prochaine au Rueil Palace on joue quelque chose de bien Les Crimes des Borgia.

— Et qu'est-ce que ça représentera ?

— Des papes, des courtisanes et des empoisonnements.

— Non ? !

— Comme je te dis. Je connais l'histoire et j'ai vu l'affiche. Alors je devine.

— J'aimerais bien aller voir ça.

— Tu veux que je t'y emmène en cachette ?

— Oh non. Je n'oserais pas. Si jamais ça se savait qu'est-ce qu'on m'administrerait comme pâtée.

— Eh bien alors reste chez toi. Tu ne sauras jamais comment le pape s'y prit pour empoisonner sa fille.

— Tu me le raconteras dis. Et puis comment un pape peut-il avoir une fille ?

— Comment ? comme ça. N'importe qui peut être pape, il suffit d'être élu.

— Toi tu pourrais être pape ?

— Naturellement. Et rien ne dit que je ne le devienne pas un jour.

— Mais alors comment feras-tu pour m'épouser ? Car tu te marieras avec moi, hein, plus tard, c'est promis ?

— Remarque que du moment que je suis pape je suis infaillible et je peux décréter que le pape a le droit de prendre femme.

Camille tourna vers lui :

— Tu ferais ça pour moi ?

— Bien sûr.

Elle se serra contre lui, prit le bras de lui, posa un baiser sur sa joue à lui.

— Comme tu es gentil, dit-elle.

— Attends un peu, dit Jacques. Tu vas voir comment on embrasse dans les films que tu n'as pas le droit de voir.

Il la saisit. Il esquisse la démonstration.

— Tu me mouilles, dit Camille en le repoussant.

Il insiste.

— Tu me baves dans la bouche, cria-t-elle.

Dominique surgit :

— On vous cherche, dit-elle froidement.

Dominique encore c'est rien. Mais le père

Magnin il n'apprécie pas du tout ce genre-là. S'il les surprend c'est fini. Il les surprend.

Mes filles fréquenteront plus votre fils qu'il dit. Votre fils : un saligaud ! qu'il ajoute.

Du coup il s'en va crêcher ailleurs. On ne va plus au bois avec Dominique et Camille.

III

Il jouait de la pipe avec son nez lorsque le réveil sonna, c'était d'ailleurs une pipe d'une espèce spéciale ayant avec la pipe ordinaire le même rapport que le cornet à pistons avec la trompette. Il donnait un récital, on l'applaudissait. Il étendit le bras et éteignit le jazz. Il s'amusait encore de son rêve lorsqu'il se souvint qu'il avait à terminer sa symphonie en la bémol pour ainsi dire mineur.

Bousculant les couvertures il se jeta hors du lit et fit sa demi-heure de culture physique avec manipulation d'haltères et d'extenseur. Il s'appliquait tant qu'il se souvenait assez mal de son enfance musicienne, il l'évoqua mieux lorsque sur sa joue le poil savonné disparaissant sous la faux du gillette il se revit âgé de cinq ans jouant du piano devant un public sélect. Son père le comte des Cigales hésita longtemps avant de lui concéder cette vocation car il eût préféré la carrière des Ambassades mais enfin il céda. A sept ans Jacques jouait du bac comme père à mère, à huit ans il inventait la sphinge à sept trous, à neuf ans il composait. A quinze ans il imposait son génie par un concerto bifide à rebrousse-poil pour cithare tubulaire et chalumeau birman (op. 37).

Tout en plongeant le chef en la cuvette d'eau tiède il se remémore son opéra fameux Artémidore de Daldi ou la Puissance des Rêves, tout en s'essuyant ardemment la face il se récapitule l'une des phases les plus glorieuses de sa carrière sa collaboration aux Ballets Russes auxquels il donne L'Oiseau de Feu, Petrouchka et le Sacre du Printemps, il finit de s'habiller sur l'op. 236 une bagatelle gréco-chinoise et synthétique qu'il vient d'achever. Puis il sort. Finie la zizique.

Il tape à la vitre de la loge. Il entre pour prendre son courrier. La concierge n'est pas là mais le mâle oui, qu'une maladie rend gaga depuis quelques jours.

— Ça bichebiche mézigue, ça bichebiche beaucoup, déclare ce personnage.

— Ça va merci, répondit Jacques, moi aussi ça biche.

Il n'y avait rien pour lui. Jacques regarda le bonhomme qui fut un pipelet acceptable et qui maintenant tremblotait des extrémités en excrétant par la bouche une mousse morveuse réaspirée parfois, avec un bruit de siphon. Soudain cet être devint Jacques L'Aumône, et celui-ci se sentit happé avec tant de force par cette identification qu'il s'assit dans un fauteuil en face du gâteux et se mit à répéter avec lui « ça bichebiche mézigue, ça bichebiche beaucoup » pour voir. Il aperçut alors derrière lui tout le cours de sa vie d'un œil nouveau : son enfance heureuse, ses folles ambitions, ses amères déceptions, sa carrière de bureaucrate, son expulsion pour négligence, son mariage avec une peau, finalement après maints métiers de moins en moins reluisants celui de concierge, une vieille vérole achevant cette triste vie, pouah ! hélas ! Pour achever la ressemblance il agita ses mains comme de vieilles feuilles mortes qu'un doux vent pluvieux de novembre ne veut pas encore arracher à l'arbre qui les porte. Jacques trouva plaisir à cette situation, après tout peut-être lui-même n'atteindrait-il jamais une joie comparable à celle qu'il avait en tant que cerbère déchu à bégayer sans fin ces mots ça bichebiche mézigue ça bichebiche beaucoup d'autant plus que l'autre se contemplant dans ce miroir humain souriait largement en se trémoussant de plus belle et en insistant semblait-il sur le sens profond de son inconsistant bavardage.

La porte s'ouvrit et Jacques se dressa brusquement.

— Bonjour madame Choque, je venais prendre mon courrier.

— Eh bien, monsieur Jacques, il n'y a rien.

— Monsieur Choque n'a pas l'air d'aller très bien.

— Regardez-le-moi, toujours en train de faire des grimaces. Je te lui foutrais mon balai par le travers de la gueule quand je le vois s'amuser comme ça.

— Peut-être qu'il ne peut pas faire autrement ?

— Ah la la ! cette vieille carne ? ce vieux saligaud ? Pensez-vous ! C'est de la frime sa maladie. Ah ! si je ne me retenais pas.

— Ça bichebiche mézigue, déclara soudain l'objet de la conversation jusque-là silencieux, ça bichebiche beaucoup.

— Vous entendez ça ? Il se fout de moi !

— Vous n'avez jamais consulté un médecin, madame Choque ?

— Un médecin ! Il se moquerait de moi le médecin !

— Et pourquoi cela, madame Choque ?

— Mais parce qu'il n'est pas malade du tout mon homme.

— Il a l'air tout de même un peu gâteux.

— Ce n'est pas une maladie ça, monsieur Jacques, tout le monde finit comme ça.

— Dans le cas de monsieur Choque il me semble cependant qu'il y a quelque chose du côté du cerveau.

— Vous croyez, monsieur Jacques ?

— Je crois. Monsieur Choque n'a jamais été mordu par un pou ?

— Je ne sais pas. Eh, vieux con, tu n'as jamais été mordu par un pou ?

— Ça bichebiche mézigue, répondit monsieur Choque, ça bichebiche beaucoup.

— Ce sont surtout les morsures au crâne qui sont les plus dangereuses, dit Jacques.

— Comment voulez-vous le savoir avec un foutriquet pareil ! s'il a été mordu ou pas. Ah la charogne. Et vous croyez que ça aurait pu lui insinuer de la putréfaction dans la cervelle cette morsure ?

— Le pou est vache comme pas un, dit Jacques, et ce qui porte principalement préjudice à la victime c'est l'haleine fétide de cet animal articulé.

— Vous m'expliquez la puanteur de mon époux. Il est punais le sagoin.

Elle lui cria dans le nez :

— Salaud !

Derrière le dos de la dame Jacques tira la langue et cligna de l'œil ce qui provoqua chez monsieur Choque une jubilation majeure.

— Ça bichebiche mézigue, cria-t-il en sautant à petits coups sur son fauteuil, ça bichebiche beaucoup.

Là-dessus Jacques s'enfuit enchanté par ce début de journée.

Il ingurgite un café-crème au Petit Cardinal voisin.

— Il y a du soleil aujourd'hui, lui dit le patron.

— Oui mais le fond de l'air est froid, répliqua Jacques.

— Ça c'est vrai. Ce matin, brr, faisait frisquet. A propos vous irez au Sporting ce soir ?

— Non, je ne peux pas.

— Pas possible. Il y a pourtant Kid Boucicaut contre Ted la Sardine. Ça promet du sport. M'étonne que vous n'y alliez pas.

— Je ne peux pas. Ça m'embête bougrement parce que Ted est un copain.

— Et à midi, vous déjeunez avec nous ?

— Je serai là vers midi et demie.

— Pas plus tard hein monsieur Jacques.

Jacques s'en fut après avoir serré une large pince aux ongles noircis par les travaux mastroquiens.

— Monsieur Jacques !

Le patron le rappelait.

— Vous n'avez pas un cheval pour cet après-midi ?

— Essayez Peau-de-Pou dans la troisième.

— Merci, monsieur Jacques !

Jacques descendit la rue jusqu'au gymnase. Il salua la caissière de deux doigts portés joints au rebord du chapeau et se dirigea vers le vestiaire. Personne encore, seul Touffe-d'Étoupe manipulait distraitement des mils. Jacques se déshabilla pour revêtir l'uniforme athlétique et revenu dans la salle après quelques minutes de peunnechignebaule il proposa trois rounds à Touffe-d'Étoupe qui accepta. Kid Mouillot et monsieur Lecoq arrivèrent à leur tour puis Ted la Sardine et Albert le professeur juste au moment où Jacques et Touffe-d'Étoupe passaient entre les cordes pour se situer sur le ring.

— Je vais arbitrer, dit Albert.

Jacques faisait 70 kilogs et son adversaire 67 mais celui-ci avait une allonge supérieure et il n'eut pas de mal à placer quelques directs au coffre. Après les trois minutes Jacques commence à s'essouffler.

— Tu vieillis, lui fait remarquer la Sardine, et puis tu manques d'entraînement.

— Laisse-le donc, dit Albert, ce n'est pas si mal.

— Il devrait venir ici plus souvent, dit monsieur Lecoq.

Au deuxième round en effet Jacques accroche la mâchoire de Touffe-d'Étoupe par deux fois. Au troisième ils travaillent au corps tous les deux. Touffe-d'Étoupe félicite son adversaire.

— Alors, demande Albert, on le présente ?

— On pourrait, dit la Sardine, mais il manque d'entraînement.

— Il devrait venir ici plus souvent, dit monsieur Lecoq.

Jacques va se doucher puis rhabillé se joint aux professionnels.

— Alors, dit Albert, tu t'en ressens pour le championnat de France amateurs dans les mi-lourds ?

— Il tiendra toujours ses trois rounds contre n'importe qui, dit Touffe-d'Étoupe.

— Moi je veux bien, dit Jacques.

— Bravo, dit Albert.

— Faudra t'entraîner, dit la Sardine.

— Et revenir ici plus souvent, dit monsieur Lecoq.

— Et te modérer chapitre de la bagatelle, dit Albert.

— Vous avez un cheval pour cet après-midi ? demanda monsieur Lecoq.

— Peau-de-Pou dans la troisième, dit Albert.

— Printanier, dit Jacques.

— Tu crois, dit Touffe-d'Étoupe.

— Je jouerai Peau-de-Pou, dit monsieur Lecoq, ça me rappellera le temps où j'en avais. Ça porte bonheur le pou c'est comme la merde et le trèfle à quatt feuilles.

— Où va-t-il chercher ça, dit la Sardine.

— Chaque fois que je me suis trouvé un pou, dit monsieur Lecoq, il m'est arrivé quelque chose d'heureux.

— Si le pou portait bonheur, dit Kid Mouillot, tout le monde serait heureux. Tout le monde en a eu.

— Plus ou moins, dit Albert.

— Moi je jouerai Printanier, dit Touffe-d'Étoupe.

— Alors je t'inscris pour le championnat, dit Albert.

— D'accord, dit Jacques.

— Tu viens ce soir, demande la Sardine.

— Peux pas, dit Jacques. Rendez-vous important.

— Lâcheur, dit la Sardine.

Jacques salua la compagnie qui l'encouragea chaleureusement à poursuivre son entraînement avec un peu plus d'ardeur.

Il suivit ce conseil et même il fit comprendre à sa petite amie qu'il devait pendant quelque temps s'abstenir de tous jeux amoureux. Aussi traversa-t-il brillamment les éliminatoires et challenger dégomma le champion. Il avait acquis une droite redoutable, une gauche foudroyante, un jeu de jambes vertigineux. Dans ces conditions pourquoi ne serait-il pas devenu professionnel ? Il le devint. Il affronta d'abord Toto Sépulture qui avait tenu quinze rounds contre Kid la Barbaque. Toto Sépulture ne fit pas long feu; au deuxième round Jacques l'étendit à terre d'un direct à la mâchoire de derrière les fagots. Michel l'Albinos, Bénard Grassouillet, Dédé Stock de Plomb, Bob Noël furent tour à tour projetés dans les pâmes. Le gars Limard fut un peu plus difficile à croquer mais au septième round Jacques lui estomaqua le plexus solaire d'une gauche infaillible. L'hécatombe continua. Et ce fut le championnat de France, le championnat d'Europe, le championnat du Monde celui-ci à Madison Square (New-York City). Le championnat du Monde... pendant quelques années encore Jacques L'Aumône défendit son titre puis il y renonce volontairement. Il se retire au Texas, s'y marie, y cultive le coton en fumant l'opium, achète une goëlette, fait le tour du monde, périt dans un naufrage et son fantôme émergé de l'Océan Pacifique arrivant tout doucement porté par les eaux jusque sur les côtes de la Chine y prend le bâton de pèlerin de la mémoire et glisse tout doucement à la surface du sol jusqu'à la ville de Paris chef-lieu du département de la Seine non loin de ces lieux où germa la vocation boxante de Jacques L'Aumône qui regarde autour de lui. Il y a un vieux bonhomme qui vient à sa rencontre suivi par deux fillettes, sur l'autre trottoir se déplacent une dame et son petit garçon et derrière un curé. Lequel de tous ces gens vaut un fantôme ? Parfois Jacques suit un personnage de la rue moins pour découvrir cet autre que pour s'en vêtir pendant quelques minutes. Mais il ne voit pas ce matin de gibier attirant. Il continue son chemin il sait où il va mais soudain il ne le sait plus car le sujet se présente sous les espèces d'un citoyen absolument quelconque. Jacques s'attache à lui, l'autre marche d'un pas modéré, du trois à l'heure qu'il fait, un peu plus il badauderait. Que fait ce type ? Rien ne l'indique. Il ne s'arrête devant aucune boutique, il ne se retourne pas sur les femmes, il ne fait pas minh aux chats kss aux chiens ni psst aux taxis, il ne tapote pas les joues des enfants, il n'essaie pas de ne pas marcher sur les interstices du pavage, il ne demande pas son chemin aux flics, il n'entre pas dans les vespasiennes, il ne traverse pas une rue sans avoir regardé à gauche puis à droite, il n'éternue rote ni ne pète, il ne trébuche pas, il ne donne pas mie de pain à petits oiseaux ni à gros pigeons, il n'attend aucun tramway aucun autobus, il ne descend dans aucune bouche de métro, il ne se met pas les doigts dans le nez, il ne balance pas les bras en marchant, il ne se gratte ni la nuque ni l'anus, il ne sort son mouchoir ni pour s'essuyer le visage ni pour se moucher il ne sort pas son mouchoir du tout il ne s'essuie pas le visage il ne se mouche pas et ne crache non plus à terre, il ne fume pas, il ne met pas ses mains dans ses poches, il ne jette pas de bouts de papier dans le ruisseau billets d'autobus ou tickets de tramway, il ne boite pas, il n'a pas de tics ni de soubresauts, il est tellement bien comme il faut être que

Jacques se demande comment il pourrait s'y prendre pour atteindre cette perfection pour s'annuler ainsi lorsque le citoyen se précipita sur le sac à main d'une dame et s'enfuit au pas de course. La mouquère se mit à brailler et un flicard trissa derrière le truand en déclarant à haute voix qu'il serait infiniment heureux d'avoir la collaboration bénévole de quelques contribuables en vue de la capture de ce dangereux malfaiteur mais l'autre qui n'était pas un tocard se jeta dans une maison que Jacques qui avait commencé une exploration méthodique de la capitale savait être à double entrée.

Rassuré sur le sort de cet énigmatique individu Jacques qui ne voulait point se mêler à l'action d'une police aussi rudimentaire qu'inutile reprit l'itinéraire qu'avait bouleversé une filature conclue abruptement. Il riait doucement. Il avait bien trompé son monde et larvatus prodéé ! qui pouvait se douter que ce cambrioleur c'était lui-même. Mais après tout ce genre de sport ne demandait ni génie ni originalité, n'exigeait qu'un peu d'huile de rotule rien de quoi se vanter. Aussi sa présence sur le pas de la porte du Twin-Twin Bar lui fit-elle abandonner sans regrets une carrière qui finalement n'aboutirait à rien de sensationnel.

Il aperçut monsieur Georges juché sur un tabouret et qui discutait le coup avec monsieur

Robert. On se salua et Jacques s'offrit un coquetèle.

— J'ai cent francs à mettre sur un dada, dit-il. Vous les prenez ?

— Oui. Qui ?

— Peau-de-Pou dans la troisième.

— Ça ira dans les vingt contre un s'il gagne.

— J'espère bien.

Il allongea le billet et monsieur Georges nota le pari sur un petit bout de papier.

— Je ne mettrais pas un sou sur un nom pareil, dit monsieur Robert.

— Occupe-toi de ton oigne, dit monsieur Georges.

— Moi c'est un nom qui me plaît, dit Jacques.

— Faut être couillon pour jouer un nom pareil, dit monsieur Robert.

Il ne put entendre le nouvel occupe-toi de ton oigne de monsieur Georges, gisant déjà massacré par la droite de Jacques, administrée en pleine gueule avec décision.

— Quant à toi, dit Jacques à monsieur Georges, rends-moi mes cinq louis.

— Y a pas de raisons, dit monsieur Georges, je n'y suis pour rien moi.

— Mes cent balles tout de suite.

— Je ne veux pas d'histoires, dit le barman qui zestait un citron.

Monsieur Robert se ramassait en silence.

Monsieur Georges jeta le billet sur le comptoir.

— Prenez la tournée dessus, dit Jacques au barman.

— Vous avez un sale caractère, dit monsieur Georges.

Monsieur Robert se tamponnait le tarin avec un mouchoir de soie sans commentaires de lui.

Jacques encaissa la monnaie, laissa pourboire de rupin et sans parler sortit. Il regrettait un peu de n'avoir pas fait subir à son insulteur un échantillonnage des supplices variés dont il se croyait l'inventeur, il infligeait les plus bénins par exemple aux gens dont la gueule ne lui revenait pas. Mais avec tout ça il n'avait toujours pas joué Peau-de-Pou. Cet après-midi il ne pourrait aller sur le champ et il ne voyait pas ses vingt thunes ailleurs que dans les pattes de cet animal. Il prit donc un taxi pour se faire conduire au Bar des Méridiens pour confier ses cinq louis sur Peau-de-Pou gagnant à monsieur Richard, puis il descendit au sous-sol donner un coup de téléphone à Bélépine comme convenu.

— Je vais voir des Cigales cet après-midi. Toujours entendu ? Quarante francs la page ?

— D'acc. Il en donne long ?

— Sais pas.

— Faites pour le mieux. A propos, j'ai bien les poèmes de la mère Cuzdasne mais pas les pélauds.

— Je vous donnerai le fric demain avec celui

de des Cigales si j'en extrais quelque chose.

— Il n'y a pas de si, il faut m'enlever ça.

— Je ferai de mon mieux.

— J'espère bien. Et surtout n'oubliez pas de m'apporter la contribution de la rombière.

— Craignez rien.

— Alors, ce soir au Twin-Twin Bar.

— Non. Je viens de casser la gueule à monsieur Robert. Je préfère ailleurs.

— Vous m'emmerdez avec vos exhibitions de force.

— Je préfère aux Méridiens. J'aurai un cheval à toucher.

Bélépine répondit d'acc et ils raccrochèrent.

Au Petit Cardinal on s'était mis à table et on grignotait des radis en l'attendant.

— A l'amende monsieur Jacques, cria la patronne.

Il s'installa en face d'elle, entre le Tonton et la bonne Suzanne; monsieur Duseuil et Horace le garçon encadraient la patronne.

— Rodolphe m'assure que vous jouez Peau-de-Pou dans la troisième, dit le Tonton.

— Exact.

— Folie ! s'exclama le Tonton. Folie ! Deux thunes de paumées ! Sans phrases !

— Deux, vous voulez dire vingt.

Le Tonton faillit s'étrangler. La patronne lui remplit son verre de pinard.

— Envouatouassa danlgosier, dit-elle.

Il le fit.

— Vingt thunes, barrit-il.

— Ça c'est bien vrai, vous n'êtes pas raisonnable monsieur Jacques, dit la patronne, vous allez être fauché jusqu'à la fin du mois.

— Mais si je gagne ?

— Allons allons monsieur Jacques vous savez bien que ça ne vous arrive jamais.

— Et Cormoran que j'ai touché à vingt-cinq contre un ?

— On s'en souvient, dit le garçon, monsieur Jacques offra le champagne ce jour-là.

— Et puis Peau-de-Pou, dit le Tonton, on n'a pas idée de risquer ses sous sur un chevable qu'on accable d'un vocable semblable !

— C'est un nom qui me plaît, dit Jacques.

— On voit que vous n'en avez jamais eu, dit Horace.

— J'en ai eu à l'école moi, dit Suzanne.

— Ce n'est pas la peine de s'en vanter, dit la patronne.

— Pour les uns c'est un accident, dit le Tonton, pour les autres c'est essentiel.

— Vous êtes vache pour moi, dit Suzanne.

— J'en ai eu au régiment, dit Horace. Ils se baladaient sur la planche à paquetage.

— Moi on m'avait enduit la tête de pommade et toute grasse encore. On m'avait mis une serviette sur mon oreiller.

— C'est tenace cette bestiole-là.

— Oui c'est osstiné.

— Pourquoi diable le bonguieu a-t-il créé ça.

— Les poux de vêtement sont pires encore que les poux de corps.

— Faut passer les vêtements à l'étuve. Ou bien les tuer un à un.

— Ça fait crac.

— Hi hi hi.

— On n'a jamais cherché à en apprivoiser ? demande Jacques au Tonton.

— Parmi les articulés je ne vois que la puce. Les araignées s'apprivoisent mais ne se dressent pas. Elles sont d'un caractère fier : comme les chats.

— Moi je n'en ai jamais vu des puces dressées, dit Suzanne.

— Moi si, dit le patron, c'est très marrant. Elles tirent au canon.

— Moi aussi, dit madame Duseuil, c'est à ne pas croire. Quand elles se baladent dans leur petit carrosse.

— Pourtant pas sorcier comme dressage, dit le Tonton, on les a par la gueule comme les autres animaux.

— Et comme les hommes, dit Horace.

— C'est surtout les femmes qui s'en occupent, ça leur crible les cuisses de points rouges parce qu'elles doivent les nourrir vous comprenez. Ça leur donne un charme spécial. Aux femmes.

— Mince alors, dit Horace.

— Et au séminaire, demande Jacques au Tonton, vous aviez de la vermine ?

— Jamais !

— Pourtant il y a des séminaristes qui sont singulièrement cracra, dit le garçon.

— Ça c'est vrai, dit la patronne.

— Moins maintenant, dit le patron, parce qu'ils commencent à faire du sport.

— Je ne vous en ai jamais parlé, dit Jacques, mais j'ai failli entrer dans les ordres.

— Folie ! s'écria le Tonton, folie ! aberration !

— Pourquoi pas ? J'aurais pu devenir évêque, et qui sait ? peut-être cardinal. Ou même pape.

— Moi ça ne m'amuserait pas plus que ça d'être pape, dit le garçon.

— En définitive, demanda Jacques au Tonton, vous restâtes combien de temps curé ?

— Dix ans, mon enfant. Je ne compte pas les années de séminaire.

— Raconte-lui comment ça t'a passé, dit la patronne.

— Je ne voudrais pas être indiscret, dit Jacques.

— Il n'y a pas de secrets dans ma vie. Comment ça m'a passé ? Une femme naturellement.

— Une écuyère, je parie, dit Jacques.

— Bien sûr. J'étais à ce moment-là vicaire à Saint-Bren-les-Colombins. Un cirque vint. Il y eut une calvacade à travers les rues de la ville. Je vis l'écuyère, c'était fini, pincé, mon vieux, et bien pincé. Le soir je me mis en civil et je pris une place au premier rang pour admirer ma bien-aimée. Naturellement tout le monde me reconnut.

— Fallait être culotté, dit le garçon.

— Je l'étais. Puis le cirque s'en alla. Je le rejoignis quinze jours plus tard et m'y fis engager comme cloune. J'avais un beau talent de cloune, sans le savoir.

— Il nous fait bien marrer quand il imite la messe, dit madame Duseuil.

— Et l'écuyère ?

— Je l'ai possédée naturellement. Une belle garce ma foi. Je n'ai rien regretté : elle valait le coup.

— Un seul ? demanda Horace.

— Soyez donc pas grivois, dit la patronne.

— Quand vous étiez prêtre vous n'avez jamais eu l'idée qu'un jour vous pourriez devenir pape ?

— Peut-être. Je ne me souviens plus. Mais je sais bien que quand j'étais cloune je pensais qu'un jour je m'exhiberais sur la piste de Medrano, ce qui n'a pas eu lieu, d'ailleurs.

Ainsi devisant ils venaient à bout du thon grillé, du lapin moutarde et des asperges. De temps à autre Suzanne ou Horace se levaient pour aller servir un client. Quand elle passait près de Jacques Suzanne elle le frôlait. Il finit par s'apercevoir de la fermeté de ses seins et de ses cuisses. Elle avait une bonne odeur de brune à peu près bien lavée et qui commence à suer. Il se mit à la regarder avec intérêt. Elle n'était pas mal, avec de beaux yeux de vache et des lèvres charnues. Comme elle servait le café il lui pinça les fesses, pour voir. C'était agréable. Elle ne dit rien.

— Vous dînerez là ce soir, demande monsieur Duseuil.

— Non pas ce soir.

— Un rendez-vous avec votre petite amie hein ? dit le Tonton.

Jacques s'étonnait de son apparence si curé après tant d'années et se félicitait de n'avoir point choisi ce métier qui vous imprégnait de si désagréable façon. D'ailleurs il ne voulait d'aucun métier. Il avait horreur de la spécialisation et des longues carrières qui marquent et vous font des plis.

— Le voilà encore qui rêve, dit madame Duseuil attendrie.

— Le Tonton vous pose une question, ajoute le patron en rigolant.

— Bien sûr, répondit Jacques, un rendez-vous avec ma petite amie.

— Je l'avais bien deviné, dit le Tonton avec une satisfaction feinte car il s'en foutait. Vous allez du côté de Sainte-Geneviève ?

— Non, dit Jacques. Je vais prendre le métro.

— Où ça ?

— Qu'est-ce que ça peut te faire, dit la patronne, Monsieur Jacques n'a pas de comptes à rendre.

— Je vais voir le grand poète Louis-Philippe des Cigales, dit Jacques. Il habite Rueil.

— Connais pas, dit le garçon.

Jacques se lève et souhaite la revoyure au lendemain.

— A demain monsieur Jacques, répond tout le monde.

IV

Il descendit vers la Seine qu'il traversa, grâce au pont disposé à cet effet. Il y a une station un peu plus loin, de métro, qu'il prit. Il ne fréquentait jamais les secondes qui ne lui semblaient proposer aucune rencontre et il s'installa tout de même en première bien qu'il dût éviter toute badauderie ou aventure s'il voulait arriver exact à son rendez-vous et il le voulait. Il occupa donc les loisirs de ce voyage souterrain en revisant ses notions de métrologie, vérifiant si à telle gare la sortie se trouvait en tête ou en queue, se récitant les noms de stations de telle ou telle ligne, évaluant des itinéraires minimums, toutes notions qui peuvent prendre une importance considérable si l'on mène par la suite des circonstances une vie dangereuse.

A la porte Maillot il descendit et réapparut alors à la surface du sol. Il traversa la place pour aller prendre le tramway de Rueil. Devant Luna-Park, une jeune fille, qu'il allait croiser, lui sourit. Il ralentit. Elle s'arrêta. Il s'arrêta. Il ne la reconnaissait pas.

— Bonjour Jacques, tu ne me reconnais pas ?

Elle rougit tout de suite, à cause du tutoiement. Dans la seconde de ses phrases elle emploierait le vous.

— Bonjour mademoiselle, dit-il. Ah, fit-il, Camille. Qu'est-ce que vous devenez ?

— Je suis les cours du Conservatoire. La classe de chant.

— C'est bien, ça.

Ils se regardèrent.

— Vos parents vont bien ?

— Oh oui très bien. Et les vôtres ?

— Très bien aussi merci.

Ils se regardent. Ils entrevoient très légèrement là où peut vous mener la connerie du langage humain.

— Justement je vais à Rueil, dit Jacques. Excusez-moi. Je vais rater mon tram.

Il dut courir après.

Il resta debout. Paya sa place. Rien ne coulait dans ses conduits mentaux. Minutes d'hébétude.

Soudain il se prit d'un immense intérêt pour la receveuse, une grande femme qui n'était pas laide. Elle portait crânement le petit bonnet de police de sa fonction et semblait d'aplomb sur ses jambes puissantes mais harmonieuses colonnes qui supportaient gaillardement des superstructures hardiment modelées.

Jacques se décide à lui parler.

Vous ne me reconnaissez pas qu'il lui demande.

Non qu'elle dit.

S'il fallait faire attention à tous les voyageurs qui vous pelotent les fesses ou essayent de vous glisser un rancart.

Dominique qu'il dit avec douceur.

Elle le regarde.

Il se présente.

Prince des Cigales qu'il dit.

Vous ? Prince ? qu'elle dit.

Vous me reconnaissez maintenant ? qu'il dit.

Oh voui prince qu'elle dit.

— Et Camille ? comment va-t-elle ?

— Elle va bien, elle veut devenir chanteuse, elle suit les cours du Conservatoire.

— Et vos parents ils vont bien ?

— Je vous remercie, prince.

— Et vous-même, Dominique, comment se peut-il faire que vous soyez ainsi receveuse de tramway ? Dominique ? Dominique ?

Elle baissa la tête.

J'ai eu des malheurs qu'elle répondit.

— Quels ?

— Je n'ose, dit-elle.

Il l'invite à souper chez Maxim's le jour même à l'heure où reposent les tramways pour Rueil.

Voici pourquoi : le jeune prince des Cigales plus connu dans le monde des lettres et des arts sous le pseudonyme de Jacques L'Aumône avait eu dans son enfance passée au château de Blois racheté à l'État par sa famille multimilliardaire comme chacun sait, enfance remarquable par plus d'un de ses aspects tant par les dons que le jeune prince montra très jeune aussi bien pour la poésie lyrique que pour l'aquarelle l'escrime et l'équitation que pour le merveilleux bonheur à base de gros sous qui l'imprégna toute, deux petites amies qui se nommaient Camille et Dominique les filles du régisseur. Camille l'aimait, il avait un faible pour Dominique, celle qu'il venait de retrouver receveuse de tramways, à côté de qui chez Maxim's il soupait. Elle lui raconta ses malheurs : quels ? Peu importe ! Lui est prince : elle, peut bien être receveuse de tramways. Elle aurait voulu devenir danseuse. Mais pourquoi pas, Dominique ? Il lui offre un petit studio moderne peint tout en blanc avec une terrasse en aluminium, il lui paie des leçons de chorégraphie, des robes, des bijoux. Mais il la respecte. Puis, un jour, récital Salle Pleyel, énorme succès, révélation, acclamations, et ce soir-là, elle se donne à lui.

— Terminus, monsieur, lui dit-elle.

— Pardon.

Elle attendait qu'il descende, avec impatience

et mépris. Il s'aperçut alors qu'il avait oublié de demander des nouvelles de Dominique à Camille. Et puis en quoi cette athlètesse ressemblait-elle à Dominique ? Il s'interrogeait ensuite à ce sujet sans trouver de réponse.

Il fit un détour pour ne pas passer devant la maison de ses vieux. De toute façon il est vrai on en causerait dans la localité, les cloportes jaseraient, et il ne tarderait pas à recevoir l'écho de ces cancans sous forme d'une lettre de papa pleine de reproches, de sarcasmes et pour terminer d'effusions un tantinet pleurnichardes.

Des Cigales l'attendait enrobé dans de la soie, avec une sale gueule.

— Entre donc mon petit Et excuse-moi Tu vois J'ai été singulièrement malade cette nuit et je suis encore un peu abruti par les drogues J'en prends qui me font de drôles d'effets Elles me coupent du monde extérieur Qui ne m'intéresse plus En rien Tu vois au fond c'est intéressant les drogues de temps à autre La maladie y est aussi pour quelque chose Mais je ne vais pas t'embêter avec ma maladie Tu veux boire quelque chose Un vermouth Je vais te donner de la glace Ça n'est pas mauvais le vermouth l'après-midi Et toi qu'est-ce que tu deviens Quand je rencontre ton père il me parle de toi avec fierté Il paraît que tu deviens un grand savant et que tu accumules diplômes sur diplômes Je te félicite mon garçon Travaille il t'en restera toujours quelque chose Il n'en reste pas grand'chose en général A cinquante ans on ne se souvient plus beaucoup de ce qu'on voulait apprendre à vingt Enfin moi je suis poète ce qui est tout autre chose Alors tu es venu me voir dans un but précis et intéressé Explique moi ça Qu'est ce que tu veux de moi

— Voici, monsieur. Un de mes amis nommé Bélépine prépare une anthologie des grands poètes contemporains méconnus.

— Qui sont ?

— Anatole de Saint-Symphorien, Adalbert Mirus, Simplex de la Ruine-Égale.

— Connais pas tous ces zèbres.

— Ursule Cuzdasne, Paulinette Train, Éliane de Pardelà-les-Blès.

— Connais pas tous ces foutus bas-bleus.

— Naturellement puisqu'ils sont méconnus.

— Méconnus ! Méconnus ! Comme s'il y en avait des douzaines simultanément ! Non ! non ! pour une époque donnée il n'y a qu'un seul méconnu ! et pour cette époque-ci ! que nous vivons ! en ce moment ! ce méconnu ! c'est moi !

— Je le reconnais mais une anthologie demande plusieurs noms.

— Et tu as songé à moi ?

— C'est pour cela que je suis venu vous voir.

Des Cigales examina la question en silence.

— Et combien paie-t-on ? finit-il par demander.

— C'est que, dit Jacques, nous avons des frais énormes. Nous sommes obligés de faire appel aux collaborateurs pour nous aider financièrement à mettre sur pied une publication de cette importance.

— Ah.

Louis-Philippe des Cigales se gratta le côté droit de la poitrine à travers sa chemise l'avant-bras passé dans l'embrasure de sa robe de chambre. Il examinait Jacques d'un air songeur.

— Quel âge me donnes-tu ? lui demanda-t-il.

— Vous êtes encore jeune, monsieur des Cigales.

— Je pense bien ! Quarante-sept ans ! Tu me prends déjà pour un vieillard ? pour un gâteux ? pour une baderne ? pour une guenille, un débris, un déchu, un amoindri, une ganache, un décrépit, un sénile, un caduc un suranné une ruine un archaïque un périmé un défectif un vioc et pour tout dire un con ? Moi, Louis-Philippe des Cigales, payer pour me voir imprimé dans le voisinage d'illustres inconnus, tu ne m'as pas regardé Jacques L'Aumône. Il faut même une certaine audace, que j'admire, pour oser me proposer un pareil marché.

— Excusez-moi, monsieur des Cigales. Croyez bien que...

— Inutile de t'excuser, j. h., inutile.

Il se leva dans toute sa dignité. Il se trouva

bientôt près de la fenêtre. Il s'immobilisa là devant nuages et toits.

— Vous, dit Jacques, n'avez jamais été accueilli dans une anthologie, que je sache.

— Je suis un méconnu ! s'exclama douloureusement des Cigales. Un méconnu !

Maintenant il se grattait dans le dos.

— Songez donc, monsieur des Cigales, que notre anthologie ce sera tout de même autre chose que ces journaux de banlieue où...

— Je sais, je sais, interrompit des Cigales.

Il se retourna. Sa tête avait changé. Elle était drôle maintenant. Il alla s'asseoir. Il se penchait en avant les poings sur les genoux. Il avait l'air d'un alambic.

— Je sais, reprit-il.

Comme il lui semblait que Jacques allait dire encore quelque chose, il lève une main.

— Ta gueule.

Il ajouta.

— Reste-là. Ne bouge pas. Ça ne va pas. Je vais me faire une piqûre. Une crise qui commence. Tes histoires m'emmerdent. Ça me déclenche toujours une crise, les émotions.

— Excusez-moi.

— Ta gueule, bonguieu !

Des Cigales se leva se traîna jusqu'à ce qui était sa cuisine. Il mit de l'eau à bouillir, alla chercher quelque chose.

— Je ne peux pas vous aider ?

— Ta gueule, sacré bonguieu !

Ses gestes maladroits vont parsemer la pièce d'ampoules, d'aiguilles, de gouttes de drogue, mais non, mais non, la seringue est habilement remplie du liquide pharmaceutique puis promenée la pointe en l'air jusqu'à la table de chevet. D'un geste sûr des Cigales défait le nœud de son pantalon de pyjama qui tombe à ses pieds. Il s'étend sur le lit, relève sa robe de chambre, prend un bout d'ouate dans une bouate, ouvre une bouteille d'éther, nettoie une petite étendue d'épiderme, repose le bout d'ouate sur la table, prend la seringue, l'enfonce dans la chair, y décharge la substance, retire la seringue, la repose sur la table, rabat sa robe de chambre, ferme les yeux.

Cette anatomie de malade, ces gestes d'infirmerie avaient confondu Jacques, et cette odeur d'éther. Il voulut s'enfuir mais un geste de des Cigales le retint. Il revint vers la fenêtre et s'assit dans un fauteuil près d'une table où gisaient quelques bouquins d'héraldique, de quoi faire délirer un croquant. Mais Jacques fixait à volonté sa propre noblesse et ne se fatiguait pas de regrets vains. Quelles armes étaient les siennes ? Son nom tout autant que son prénom voulait qu'elles portassent des vannets mais il pouvait tout aussi bien gringoler d'or sa croix d'hermine comme les Kaer ou coleter de gueule trois têtes de lévrier d'argent comme les Thierri.

Il admirait la beauté de ces blasons, tous siens, et retrouvait au hasard de ces pages les éléments de généalogies. Comme il songeait à la joie de blasonner il découvrit dans les vaniteux de la particule du gibier pour Bélépine. Il lui en parlerait.

Des Cigales ne bougea pas pendant une heure, étendu tout de son long, dormant peut-être. Mais un moment vint où il prit la position assise et se frotta le visage de la paume de la main.

— C'est intéressant hein ?

Jacques ferma le livre et le reposa sur la table.

— Oui. Ce sont là des choses qu'on ignore habituellement.

— N'est-ce pas ?

Des Cigales se leva, fit quelques pas.

— Ça va mieux, dit-il.

— J'en suis heureux, dit Jacques.

— Ça va même très bien.

— Ce n'était pas grave ?

— Une alerte simplement. Pas la grande crise qu'on ne mate qu'avec des dizaines de piqûres dont quelques-unes de morphine. Une petite alerte. Maintenant je vais même très bien, je vais même sortir, je vais faire un tour, je vais à Suresnes. Viens avec moi si tu n'es pas pressé.

— Volontiers, dit Jacques. Je prendrai le bateau-mouche pour rentrer.

— Bonne et poétique idée, approuva des Cigales.

Il enleva sa robe de chambre, apparut en gilet de flanelle, caleçon long et fixe-chaussettes. Tandis qu'il se mettait dans son pantalon il racontait :

— Ah, Suresnes. Ah, mon cher Jacques, tu ne sais pas ce que ça représente pour moi.

— Je vais te faire une confidence, ajouta-t-il en boutonnant sa braguette, si ce nom seul m'émeut, ce nom de Suresnes, c'est que là demeure celle que j'aime, la femme que j'aime, ma femme, mon épouse, mon épouse qui m'a quitté, qui m'a abandonné, qui m'a plaqué car elle m'a laissé tomber la garce, après dix ans de mariage, la méchante, la vilaine, mais je l'aime toujours, mon petit, je vais parfois me promener de son côté, de temps à autre je l'aperçois de loin, elle est toujours aussi belle, son corps est toujours aussi splendide, son teint toujours aussi frais, c'est une blonde, elle a un salon de coiffure à Suresnes, je me risque parfois jusque-là, pour la voir un peu, me rappeler ses traits, ses formes, mais de loin, de loin seulement, car si elle me voyait, elle me battrait, elle me hait, elle me donnerait des coups, elle m'en a donné autrefois, c'est quelqu'un tu sais, pas une femme comme une autre, ah, Jacques L'Aumône, tu ne sais pas comme on peut aimer à mes âges surtout lorsque c'est sans espoir, et, mon petit, si elle m'a lâché, tu ne devinerais pas pourquoi ou plutôt pour qui, tu es trop jeune encore pour connaître ces infamies, si elle m'a planté là, c'est pour une femme, tu saisis, j. h., tu piges, n'est-ce pas étonnant ? ah, mon petit, ce sont là des choses qui n'arrivent qu'aux poètes.

Il avait fini de s'habiller. Il s'inspecta méticuleusement dans un miroir et prit un stick choisi parmi d'autres. Il le plaça sous son bras après un moulinet fort réussi.

— En route ! s'écria-t-il.

Il voulait prendre un fiacre près de la Malmaison mais il n'y en avait point. Il se risqua dans un automobile, un landau, et Jacques monta derrière lui. Ils allèrent donc vers Suresnes trimbalés par cette mécanique. Tout d'abord ils se turent, saisis par le plaisir d'être véhiculés à une telle vitesse à travers cette commune de Rueil qu'ils connaissaient tous deux si bien. Puis, comme la voiture s'essoufflait à grimper une côte, des Cigales reprit la conversation.

— Tu es amoureux, toi ?

— C'est-à-dire : j'ai une petite amie.

— Je comprends. Ce n'est pas l'amour ça. Tu verras plus tard. Un jour. Ça te serre le cœur comme un étau et ça te le déchire crrac ! et après ça saigne, ça saigne. Toute une vie. Mais revenons à nos mérinos (je dis mérinos pour éviter le lieu commun des moutons un peu zuzagé depuis Panurge, éviter le lieu commun c'est toute l'essence de la poésie, je te le révèle en passant, je te le murmure entre quatt zyeux, n'en dis rien à personne motus ! silence ! discrétion !) dis-moi, mon petit, ton anthologie, c'est sérieux ?

— Tout ce qu'il y a de plus sérieux, monsieur des Cigales.

— Et il faut payer ?

— Quarante francs par page, monsieur des Cigales.

— Quarante francs par page ?

— Quarante francs par page, monsieur des Cigales.

— Mais c'est énorme !

— C'est pour les frais de publicité, monsieur des Cigales.

— Vous ferez beaucoup de publicité ?

— Énorme, monsieur des Cigales.

— Tu ne me ferais pas une petite réduction ?

— Et nos frais de publicité, monsieur des Cigales ?

— A un vieil ami de la famille ?

— Et nos frais de publicité, monsieur des Cigales ?

— Je n'ai pas les moyens de m'offrir ça, je ne suis qu'un pauvre poète. Allons, mon petit, laisse-moi la page à trente francs.

— Et nos frais de publicité monsieur des Cigales ?

— Je t'en prendrai quinze pages. Quinze pages à trente francs.

— Quarante, monsieur des Cigales.

— Mais je ne peux pourtant pas manquer cette occasion !

— Quarante, monsieur des Cigales.

— Tu me jures que c'est sérieux ?

— Quarante, monsieur des Cigales.

— Eh bien ! eh bien, je t'en prends dix pages ! Quatre cents francs !

— Payables comptant.

— Aïe !

— Et les frais de publicité, monsieur des Cigales.

— Un vieil ami de ton vieux père.

— Et les frais de publicité, monsieur des Cigales.

— Impitoyable jeunesse !

Des Cigales sortit de sa poche un épais portefeuille marocain.

— Tu me feras un reçu ?

— Tout de suite !

Ils dirent au mécanicien de stopper afin de permettre à l'un de rédiger le papelard, à l'autre d'extirper à la rapacité de sa bourse les argents réclamés.

Ces opérations conclues, le teufteuf repartit. Des Cigales souriait d'un air satisfait, Jacques pensait maintenant à autre chose. Et l'on finit par arriver boulevard de Versailles. Des Cigales fit arrêter près de la gare et disparut. Jacques descendit vers la Seine.

Il n'y avait pas grand'monde sur le bateau-mouche. Jacques s'installa sur un banc à l'arrière et laissa s'égrener derrière lui les paysages tandis que se mouvaient lentement les files de péniches. Les usines travaillaient paisibles, les arbres du Bois s'agitaient dans le vent. Ce furent des suburbanités exquises. Que tout cela paraissait calme, imaginaire. Jacques allume une cigarette et soudain une vague soulève le petit pyroscaphe et l'entraîne dans un tourbillon épais. On passe des heures et des heures et sans doute des jours dans un brouillard métamétéorologique. Jacques continue à fumer. Puis la mer s'étale et Jacques comprend qu'il se trouve maintenant seul. Les autres passagers ont été balayés, le reste de l'humanité fut noyée. Il tient la barre et conduit son vaisseau vers une destination nulle. D'ailleurs l'eau se met à bouillir doucement : c'est que la terre se rapproche du soleil. L'eau bout bout bout et les Océans lentement s'évaporent. Jacques continue à respirer : sans doute ses poumons ont-ils subi la transformation voulue. Par mutation brusque Jacques est devenu salamandre, héliocole, incombustible, vivant amiante. La terre ne se présente plus que comme un caillou qui rougit lentement aux feux de la fournaise céleste et naturellement bien sûr évidemment depuis longtemps il n'y a plus de bateau-mouche, échoué, carbonisé. Puis comme le soleil s'est éteint subitement soufflé par quelque vent stellaire il fait soudain bien froid et la terre éclatée projette mille morceaux gelés à travers les abîmes de l'espace. Sur l'un de ces fragments il y a Jacques L'Aumône mais sous l'aspect d'une spore à coque très dure. Mais il suffit que ce germe reçoive la chaleur d'un rêve pour que de nouveau s'éveille la forme humaine de Jacques L'Aumône qui consulte Paris-Sport.

— Jamais je n'aurais eu l'idée de jouer un cheval avec un nom pareil, dit Bélépine tandis que Jacques entreposait la galette aboulée par le bouque.

— Il ne faut pas avoir de préjugés, dit Jacques.

— Non bien sûr, dit Bélépine. N'empêche que la vermine c'est dégueulasse même rien que d'en parler.

— Vous êtes un délicat monsieur Bélépine, dit Jacques.

— L'hygiène ça compte quand même. Mort aux poux ! Mort aux pions ! Morpoux morpions pas mauvaise celle-là.

— Hi, hi, fit Jacques.

— Trêve de rigolade. Les pélauds ?

Jacques sortit des billets de son portefeuille.

— Deux cents balles de la mère Cuzdasne et quatre cents francs de des Cigales.

— Parfait. Voilà vos dix pour cent.

— Thank you.

— Vous avez les poèmes de des Cigales ?

— Non. J'ai oublié de les lui demander. Mais voilà ceux de la mère Cuzdasne.

— Aucune importance d'ailleurs, dit Bélépine, pour ce que j'en ferai.

— Qu'est-ce que vous en ferez ? demanda Jacques.

— Mais rien du tout bien entendu !

Jacques le regarda.

— Ça vous surprend ?

— Nullement. Bien entendu que vous n'en ferez rien du tout !

Il prit un taxi pour la rue du Louvre et envoya un mandat-carte de quatre cents francs à des Cigales. Il revint à pied.

— Je suis un peu con tout de même.

Il suivit les quais. Des gens rentraient chez eux. Ils avaient été au cinéma.

II

V

Suzanne torcha le gosse pas trop, puis l'emmène au lit. Jacques enterré dans un fauteuil fumait une cigarette dont la cendre tombait régulièrement sur le tapis, tapis effiloché, tapis graisseux. Sur la table, des débris d'aliments devenaient ordures à l'ombre violacée d'une bouteille de gros rouge aux trois quarts vide. Un mégot couché sur le bord d'une assiette lançait sa fumée droite vers un plafond terreux. On frappe à la porte, puis Butard entre.

Tiens Suzanne n'est pas là qu'il dit.

Il s'assoit.

Jacques lui apprend qu'elle couche le môme.

Il va bien Michou ? Oui.

Jacques se lève, vide le fond de vin, le boit.

Je sors qu'il dit. Je vais travailler. Je passerai la nuit là-bas.

Eh bien bonne nuit que lui répond Butard. Travaille bien.

Dehors, la petite ville commence à s'endormir. Jacques passe devant les gouffres de lumière des trois ou quatre cafés de l'endroit, il ne s'y jette pas. Il atteint les remparts, qu'il longe. En bas, il y a une rivière un peu torrentueuse qui coule en bruissant. Les Établissement Baponot sont situés sur le tour de ville. Jacques sonne et s'amène le gardien bretelles sur les mollets, braguette ouverte et cheveux pâteux. Il ouvrit la porte tout en proposant de suggérer par insinuations discrètes à M. Baponot l'octroi d'une clé spéciale à son ingénieur-chimiste. Il retourne pioncer. Jacques traversa la cour, le gravier crissait. Il entra dans son laboratoire et sans être troublé par l'agitation que provoquait son arrivée parmi les rats les souris et autres bestioles destinées à subir les répercussions de ses mimiques pharmaceutiques et vétérinaires principalement chimiques et biologiques secondairement, il s'assit.

Il fume une cigarette.

Puis ayant fini de ne pas penser il se lève et fait le tour du labo et d'un œil lointain examine bocaux ballons et cornues éprouvettes et cristallisoirs sur cette table des plantes qui sèchent et là-bas les cages des animaux à empoisonner à engraisser à tuméfier à empester ou même à guérir. Il fait le tour de son domaine. Il regarde par la verrière le calme de la ville éclairée discrètement mais abondamment par les soins de la municipalité diligente dont Baponot est d'ailleurs l'un des membres les plus actifs, puis la distribution des étoiles. Et il se nomme au passage distraitement quelques constellations.

Son périple terminé il revient s'asseoir et reprend le cours de ses non-pensées le regard perdu à travers des superficies vitreuses qui le réfléchissent suivant les lois immarcescibles de l'optique géométrique. Cependant, l'on toque à la porte, entre une jeune fille, qui est Marthe, Baponot.

Sous sa robe de chambre elle est en pyjama. Ses cheveux flottent sur les épaules. Elle dit :

— J'ai vu le labo s'éclairer. J'ai deviné tout de suite que vous étiez rentré pour travailler. Ce n'était pas difficile ! Je vous dérange ?

Jacques s'était levé, en toute politesse; et de même manière répondit que non.

— Il ne faut pas être conventionnel, dit Marthe avec entrain, fichez-moi à la porte si je vous embête.

— Je n'avais pas encore commencé, dit Jacques, et j'ai toute la nuit devant moi.

— Vous ne dormez donc pas ?

— Si, mais peu, et avec intensité.

— Comment est-ce possible ? demanda Marthe avec grand sérieux.

— Toute une technique. Très calé.

— Oh, supplia-t-elle, apprenez-moi.

— Quand vous aurez passé votre bachot seconde partie.

— Ce n'est pas gentil de vous moquer de moi.

— Oh merde, murmure Jacques.

— Sur quoi portent vos recherches en ce moment ? Si je ne suis pas indiscrète ?

— Non. Pas du tout.

Il se tait.

Elle commence à se balader dans le labo, regardant à droite, à gauche.

— Ça fait sérieux, dit-elle. Il faut que papa ait rudement confiance pour vous payer toutes ces belles choses.

— Voulez-vous que je fasse virer du papier de tournesol pour charmer vos yeux ?

— Merci. Je connais le truc, je l'ai appris au lycée. Mais là, dans ce petit ravier, qu'est-ce qu'il y a ?

— Les intestins d'une taupe infestée par la Baponite produit qu'inventa votre père.

— Sans laboratoire, dit Marthe.

— Sans laboratoire naturellement.

Elle s'arrêta devant les cages.

— Et ces pauvres petites bêtes ?

— Intoxiquées diversement. Il s'agit d'empoisonner les chats sans zigouiller les souris et de détruire les amateurs de salade sans empoisonner les vers blancs.

— Mais le gros rat là, il a l'air de bien se porter lui.

— Je le nourris avec la Mixture Intégrale Baponot Salvatrice des Clapiers et des Bauges.

— Mais ce n'est ni un lapin ni un porc !

— Il s'appelle Hasdrubal. En dehors de l'affection que j'ai pour lui il me sert principalement à mes recherches sur le gigantisme chez les pédiculés. Je cherche à obtenir une race de poux géants.

— Quelle idée, murmura la jeune fille.

Elle s'assit.

— Comment marche votre troupe ?

— Fort bien, mademoiselle.

— Et qu'est-ce que vous allez donner ?

— C'est un secret, mademoiselle.

— Vous jouez ?

— Non mademoiselle. Je dirige.

— Notre chauffeur joue n'est-ce pas ?

— Thomasson, oui.

— Et la dactylo également ?

— Ginette Étienne, oui.

— C'est une troupe populaire.

— Comme vous voyez.

— Vous êtes combien ?

— Huit, et moi ce qui fait neuf.

— Ça marche ?

— Magnifiquement.

Marthe se tut et parut réfléchir, ou hésiter.

— Il n'y a pas moyen d'être des vôtres ?

— Oh merde, murmure-t-il.

Marthe examine avec attention le bout, orné, de ses mules.

— Je n'ai pas voulu non plus de monsieur Sabotier junior, reprit Jacques. D'ailleurs il chante paraît-il : cela ne m'intéresse pas.

— Je ne vous posais aucune question au sujet de Tino, dit Marthe. Quelles sont vos origines, monsieur L'Aumône ?

— C'est-à-dire ?

— Je ne suis pas indiscrète ?

— La profession de mon père ? c'est cela que vous voulez savoir ? Industriel. Ma mère ? Une de La Ville de Saint-Cézaire. Monseigneur de La Ville de Saint-Cézaire, archevêque de Lyon et primat des Gaules, est un de mes oncles et Louis Philippe, prince des Cigales, le poète célèbre, en est un autre. Nous sommes apparentés aux Noyes et aux Broyes.

Il toussa.

— Mais je vous en prie, ajouta-t-il vivement, que ceci reste entre nous. Je n'ai pas envie que toute la ville le sache.

— Je vous le promets, dit Marthe avec modération.

Il prit un petit tabouret joliment peint laqué tout blanc et s'assit près d'elle et vers elle se pencha. Mais il se tait soudain.

Il se lève et salue.

— Bonsoir monsieur Baponot, dit-il poliment.

Lorsque Marthe fut partie, monsieur Baponot s'écria :

— Eh bien ! je ne m'attendais pas à cette bien bonne. Eh bien mon vieux ! on ne s'en fait pas. Deux mois après son arrivée on se met à séduire la fille du patron. Pas mal ! Pas mal ! Pourquoi pas la femme aussi ? Est-ce que je sais moi ? Il m'a déjà peut-être cocufié, mon ingénieur-chimiste ! Ah mince alors, mince alors. Je suis un drôle de patron, un patron drôlement arrangé. Non mais dites-moi, mon vieux, pas d'histoires hein ! Pas de blagues !

Il prit Jacques par le bras et l'entraîna dans une ronde autour du labo.

— En dehors de ça, ces recherches personnelles ça marche ? ça marche ? Pour moi je sais que ça marche. La Rationnelle, hein ? La Rationnelle ? ça marche ? Et le Mitoctone Baponot ? Ça marche le Mitoctone Baponot ?

— Je vous soumettrai un rapport d'ici une huitaine.

— Parfait. Excellent. Mais ces recherches personnelles, racontez-moi ça. Je ne suis pas indiscret ?

Il lui lâcha le bras et recula de deux pas pour mieux admirer.

— Dites donc, je ne sais pas si je vous l'ai déjà dit mais vous êtes un fameux gaillard. Vous avez fait du sport ?

— Oui. Et même de la danse, de la danse artistique.

— Fichtre fichtre fichtre.

Il le regardait extasié.

— Je devais entrer à l'Opéra, dit Jacques. J'ai donné des récitals à la salle Pleyel et je me suis montré sur la scène de quelques music-halls. Je tenais ça de famille d'ailleurs car ma mère était danseuse dans le corps de ballet de l'Opéra de Bordeaux. Mais par respect pour mon père qui était archevêque j'ai fait de la chimie.

Baponot reprit le bras de L'Aumône et l'entraîna pour un nouveau circuit autour du labo, d'un pas accéléré.

— Un danseur, s'exclamait-il, un ingénieur danseur, un danseur ingénieur, décidément je suis tombé sur un oiseau rare. Bougre de bougre.

Il lâcha de nouveau le bras de Jacques pour prendre du recul.

— Vous êtes sacrément bien bâti, continua-t-il. La nuque surtout je la trouve épatante, elle prouve à la fois la force et l'intelligence de son possesseur. Une nuque comme ça donne une impression d'art. Je vous fais rigoler ? Vous êtes un savant et moi je suis un industriel mais l'art c'est au-dessus de ça pas vrai ? ça nous unit.

Il voulut attraper le bras de Jacques mais celui-ci prit discrètement de la distance.

— Moi la danse, dit Baponot, la danse artistique bien entendu, je trouve ça phénoménal. Chaque fois que je vais à Paris je cours voir un ballet. Vous ne vous en doutiez pas hein ? Vous ne soupçonniez pas ça ? C'est délicieux un ballet. Les ballerines c'est charmant. Et les beaux corps d'athlètes moulés dans des maillots voilà qui donne une riche idée de l'anatomie humaine.

Il toussota.

— Si vous me dansiez quelque chose, proposa-t-il. Je serai la musique et vous, vous ferez les pas.

Il se mit à fredonner puis à imiter alternativement les cordes et les cuivres. Jacques après avoir hésité inventa quelques pas puis bondit par-dessus une table avec la fougue d'un positon expulsé d'un noyau de bore.

Madame Baponot entra.

Bon appétit messieurs qu'elle dit.

Baponot s'esclaffa. Jacques fit face dignement et s'inclina. Mme Baponot avait la même vêture que sa fille et ses mules étaient semblablement ornées. Elle prit une chaise et s'assit.

— Je vous en prie, dit-elle, continuez.

Elle souriait avec bienveillance.

— Non non, s'écria Baponot en se tamponnant les yeux, arrêtons-nous pour ce soir. Allons dormir maintenant.

— Vous répétiez ? demanda madame Baponot.

— Oh non, madame, je dirige, je ne joue pas.

— Et quelle pièce nous préparez-vous ?

— C'est un secret, madame.

— Suffit, dit Baponot. Au lit. Faut le laisser travailler ce garçon.

Il se leva et dessiégea son épouse sans ménagements.

— Bonne nuit ! cria-t-il. Bon boulot !

Bien vite ils ne furent plus là.

Jacques fait encore un tour de labo, caresse Hasdrubal, regarde vaguement quelques cristallisoirs, puis il éteignit la lumière et s'allongea sur le divan de son bureau. Les machines à triturer la Mixture Intégrale Baponot ronflaient déjà depuis longtemps lorsqu'il s'éveilla. Il entendit la machine à écrire de Ginette qui marchait à plein rendement.

Il s'étira, se leva, décida d'aller se faire raser. Dans la glace au-dessus de son bureau, il aperçut Corbignon qui travaillait consciencieusement selon les instructions données.

— Quelle heure, Corbignon ? lui cria-t-il.

— Neuf heures et demi, monsieur L'Aumône.

— J'ai travaillé toute la nuit, dit Jacques.

Il se regarda dans une glace. Il persista dans sa décision d'aller chez le coiffeur.

— Ça marche, Corbignon ?

— Oui, monsieur.

— Rien de spécial ?

— Non, monsieur.

Qu'ils dirent.

Il sortit. Chez le coiffeur, il n'y avait aucun client. Il s'installa. Le patron en personne commence à lui savonner la périphérie inférieure de la face. Après que chacun d'eux eut terminé son enquête sur la situation familiale de l'autre et sur ce qu'il pensait du temps, Jacques en vint rapidement au sujet qui l'intéressait, à savoir la vie privée de monsieur Linaire, pharmacien et unique fabricant de l'Ontalgocure des Joyeux Sansonnets, spécifique radical de l'ontalgie, de l'angoisse existentielle, de l'asthme substantiel, de l'épilepsie essentielle et autres maladies circumvoisines. Depuis cinquante ans Linaire exploitait cette drogue dont il avait hérité la recette de son père lequel de même et ainsi de suite. Comme il méprisait la publicité et dans le fond s'en foutait il n'en vendait guère plus d'une cinquantaine de bouteilles par an ce qui absorbait à peu près sa production, qu'il avait lente. Jacques en avait envoyé un flacon à des Cigales qui s'en était déclaré vraiment oui vraiment fort satisfait, il trouvait même dans l'absorption de ce produit un excitant surérogatoire et majeur à son inspiration parfois ralentie par la douleur des jours. Jacques estimait donc avoir trouvé là un trésor à exploiter et un substrat solide au développement des ambitions qu'il pouvait concevoir. Mais il hésitait encore entre proposer l'affaire à Baponot (il s'étonnait que celui-ci n'y eût pas déjà pensé) et s'associer avec lui, ou tenter seul l'aventure. Quant au point de départ même (à savoir : convaincre Linaire de céder son entreprise), ce ne serait jugeait-il qu'un jeu lorsqu'il connaîtrait les mœurs du bonhomme avec suffisamment de détails. Il voyait même là dedans des traces de philanthropie car oui certes il intéresserait le vieux dans la nouvelle combinaison et celui-ci finirait sa vie plongé dans les richesses grâce à l'initiative et à l'ingéniosité de Jacques L'Aumône.

La pharmacie du père Linaire se présentait avec assez de dignité quoiqu'elle fût bien moins reluisante que celle du concurrent, récemment établi. Jacques n'y passait que rarement juste pour un tube d'aspirine par-ci par-là et pour voir la frimousse du personnage et comment on pourrait bien un jour l'agrafer. Ce birbe collectionnait les acariens, il était facile de le manipuler sous cet angle, mais quoique Jacques ne doutait point qu'il ne fût capable d'acquérir en huit jours sur cet ordre plein d'intérêt suffisamment de connaissances pour faire la causette avec Linaire et même lui poser des colles il répugnait à employer de tels procédés et préférait utiliser des moyens plus rapides et virulents s'il y avait lieu.

Ginette entra dans le labo. Jacques était seul. Il examinait au microscope des petits bouts de doryphore car il s'agissait de donner de l'efficace au Doryphorovore Baponot dont l'insuffisance en matière de doryphorotrucidation commençait à être connue de tous les agriculteurs du département.

— Qu'est-ce que vous me voulez avec Linaire ? demanda Ginette.

Elle essayait d'avoir l'air rogue mais Jacques savait bien que c'était une brave petite. Elle s'habillait gentiment, se fardait pour autant qu'on le pût dans le patelin sans passer pour pute, portait des bas de soie bien tirés.

— Qu'est-ce que vous pensez de moi, Ginette, demanda Jacques.

Il la trouvait gentille mais sans plus, il n'en avait nulle envie.

— Qu'est-ce que je pense de vous ? Qu'est-ce que je pense de vous ?

Elle avait l'air bien embarrassée.

— Oh je n'ai pas le béguin, finit-elle par dire avec humeur.

— Là. Bien. Mais vous me trouvez peut-être un bon camarade.

— Ça oui. Chic, même.

— Bon. Eh bien nous irons ce soir tous les trois chez Linaire.

— Qui ça tous les trois ?

— Vous, moi et votre petite sœur Pierrette.

Elle cria :

— Vous ne ferez pas ça !

— Elle n'aura rien à craindre, dit Jacques avec calme.

— Et qu'est-ce que dira Linaire quand il vous verra ?

— Ce qu'il voudra. Fixez-lui un rendez-vous pour un de ces soirs.

— Et si l'on nous aperçoit ?

— Je vous retrouve à la porte du couloir qui donne rue de la Pierre-des-Morts. Personne ne passe par là. Il n'y a pas de voisin en face. C'est le mur de la distillerie Sabotier. J'ai examiné le coin.

— Mais comment savez-vous que

— Ma police secrète.

— Et pourquoi voulez

— Ne vous en inquiétez pas. C'est un petit service que je vous demande de me rendre.

Ginette le regarda d'un air soupçonneux.

— C'est pas hortodoxe cette histoire-là.

— Eh bien réfléchissez-y, répliqua Jacques avec brusquerie. Il faut que je travaille. Donnez-moi la réponse un autre jour.

Un jour qu'il allait au cinéma par exemple.

Les Baponot et les Sabotier discutaient le bout de gras à quelques pas de l'entrée en un groupe compant et distact. Jacques s'incline avec élégance devant les dames, serre la main des messieurs avec diverses marques de respect. Tino prend un air très cordial et Jacques se marre en dedans. On lui demande comment marche cette pièce et il amène finement la conversation sur la Salle des Fêtes. Baponot se frappe le citron : il allait oublier ! La requête ainsi présentée à Sabotier maire, celui-ci ne peut faire autrement que d'accorder tout ce qu'on désire. Sonne la sonnette du cinéma et il s'agit maintenant d'entrer et de se placer. Jacques se retrouve entre Baponot et madame Baponot, situation délicate qui le conduit à tout d'abord éviter l'un et l'autre accoudoirs et à serrer les jambes bien juste droit en face de lui. Il s'agit de ne dévier ni à droite ni à gauche. L'obscurité s'amène, avec elle un documentaire sur la pêche à la sardine. On est en train de déverser des flots de matière vivante dans la cale du navire lorsque Jacques s'aperçoit que Baponot gagne discrètement du terrain. Jacques est curieux de savoir ce que madame Baponot ferait à sa place, compte tenu qu'il n'est pas Baponot. Il avance donc la jambe et rencontre le mollet charnu de la patronne. Le mollet disparaît aussitôt, comme dématérialisé. Jacques emploie le même procédé, côté Baponot. Le patron reprend une position correcte. Tout va dès lors pour le mieux jusqu'à la mise en conserve des petits poissons et au rééclaircissement de la salle.

— C'est instructif, dit gravement Baponot qui se fout des vertébrés qu'on ne peut ni empoisonner ni gaver.

Jacques se tourne vers madame Baponot qui projette contre lui un regard sévère. Marthe à côté de madame Sabotier a l'air de se raser royal. Tino bavarde avec son père, Jacques se demande à propos de bon dieu sait quoi. Il examine la salle et aperçoit Linaire dans un coin et Pierrette pas bien loin, avec sa sœur.

— Qu'est-ce que vous regardez comme ça ? demande Baponot. Une poule ?

Jacques nie avec force. Il songe alors qu'il serait poli de sa part de dégoiser un ou deux boniments à madame Baponot lorsque de nouveau l'obscurité l'emporte sur la lumière cette fois-ci en vue de la projection des actualités. Sans le moindre étonnement Jacques se voit successivement passant en revue les troupes de la garnison de Paris, faisant l'ascension du Gaurisankar, conduisant une auto de course à Indianapolis et ministre des sports inaugurant une piscine aux environs de Paris. Baponot se tenait tranquille.

A l'entr'acte les hommes se levèrent pour faire un tour aux urinoirs tout en fumant une cigarette. Les dames restèrent assises en suçant des bonbons.

— Nous reparlerons un jour de la danse, dit Baponot à Jacques en lui prenant le bras pour ne pas le perdre dans la foule. Ça me passionne cette histoire-là. Dites donc, s'exclama-t-il avec admiration, vous en avez des biceps. Fichtre fichtre fichtre ça fait plaisir à tâter.

Mais Sabotier avait un mot à dire à son adjoint. Aux urinoirs Jacques se trouva voisin de Tino qui lui dit tout en mouillant son ardoise :

— Alors L'Aumône, ça marche les répétitions ?

— Pas mal.

Il cracha son mégot dans un petit coin sec et le visant l'éteignit.

— Vous savez, reprit Tino, je vous trouve vache.

— Pas possible, dit Jacques.

Ils sortirent ensemble.

— Oui, reprit Tino, moi aussi j'aime le théâtre. C'est ma vocation. Ce serait chic de votre part de me faire débuter mais surtout ce que je voudrais c'est me montrer seul. J'ai une bonne voix de ténor on me l'a dit. Comment vous m'avez trouvé l'autre jour chez les Baponot ?

Jacques le regarda d'un air sombre et ne répondit point. Des gens les séparèrent. Jacques se trouva soudain devant Ginette.

— Alors ?

— On y va ce soir toutes les deux, dit Ginette.

— Et moi.

— Et vous bien entendu, dit Ginette.

— Vous m'attendez à l'endroit convenu ?

— Oui, dit Ginette.

Il la quitta. Tino le rejoignait qui continua :

— Sans blague, hein, je veux devenir chanteur, un grand chanteur, un ténor, dans un opéra. Mon père gueulera mais qu'est-ce que ça fait ? Vous, vous ne trouvez pas ça ridicule n'est-ce pas ?

— En effet ce n'est pas plus idiot qu'autre chose.

— Je vous parle à vous, dit Tino, parce que je vous devine.

Jacques sourit par prudence mais regarda d'un œil neuf le personnage qui se vantait ainsi et reconsidéra l'existence du dit.

— Oui, continua Tino, vous êtes un type à me comprendre. Vous avez de l'ambition, vous. Vous n'avez pas envie de rester toute votre vie à moisir ici. Pas vrai ? Ni moi donc ! Je me vois tout le temps en train de chanter le grand air de Faust à l'Opéra et toute la salle s'écroulant dans les applaudissements. C'est une idée que j'ai une idée seulement mais un jour ça se passera comme ça comme j'ai dit comme j'aurai voulu.

La fin de l'entr'acte sonna.

— J'aurai mon nom en grandes grandes lettres majuscules sur les affiches. J'irai de capitale en capitale en touchant des cachets monstrueux, je pourrai même mettre de l'argent à gauche pour quand je serai vieux. Et puis j'aurai des femmes. Tant que ça me plaira. Un grand ténor n'a qu'à regarder une femme et toc elle lui tombe dans les bras. Ah quelle vie ! Quelle vie ça sera ! Vous n'êtes pas comme ça vous ? Vous ne vous représentez jamais ce que vous voudriez qui vous arrive, ce qui vous arrivera ?

— Non, dit Jacques. Jamais.

Tino le regarde avec incrédulité.

— Allons donc !

Mais Jacques :

— Vous connaissez Linaire ?

— Oui. Mais chez nous on se fournit chez Straby.

— Qu'est-ce que vous en savez ?

— De Linaire ?

— Oui. De Linaire.

— Rien. Il exploite un médicament, vous savez. Contre le haut mal, je crois. Mais ce n'est pas très important. Ça ne se compare pas avec la vétérinairerie de monsieur Baponot.

— Il est marié ?

— Oui. Il vous intéresse ce bonhomme ? Je me demande bien pourquoi. Il n'intéresse personne ici. C'est un bonhomme dont on ne parle pas beaucoup.

Ils se dirigèrent vers leur place. Il y avait déjà de la musique mais l'écran 'core tout blanc.

— Aah, fit alors Tino.

Jacques se tourna vers lui.

— Je comprends, dit Tino, pourquoi vous vous intéressez à lui. D'autres y ont déjà songé avant vous, vous savez.

Ils se trouvaient devant leur rang.

— Je ne dirai rien, murmura Tino dans l'oreille de Jacques qui reprit sa place à côté de madame Baponot.

Le patron et Sabotier n'avaient pas encore rejoint leur place. Jacques se vit donc obligé de balancer quelques boniments à madame Baponot du genre vous aimez le cinéma ou bien qu'est-ce qui joue dans le prochain film vous l'aimez moi pas beaucoup. Les lèvres de madame Sabotier, voisine de Marthe, s'agitaient assidûment : ça devait jacter fiançailles. Puis pour la troisième fois s'éteignirent les lumières.

Le générique s'achevait lorsque Baponot et Sabotier s'assirent enfin en soufflant. Le déroulement du film commença, une histoire assez curieuse. Il s'agissait d'un docteur, médecin le jour et hideux la nuit. Le jour il se conduisait très bien mais la nuit il hantait les bouges, fréquentait les vilaines filles et zigouillait les pantes. Ce conte provoquait la stupeur du public et parfois son rire incrédule mais il n'étonnait pas Jacques qui savait à quoi s'en tenir sur les doubles vies et n'était-il pas lui-même à la tête d'une bande redoutable camouflée sous les espèces d'une troupe de comédiens amateurs ? Un souterrain partant du laboratoire menait à un garage secret où se trouvait une puissante voiture qui les menait sur les lieux de leurs exploits en général châteaux à cambrioler ou quelquefois à

Paris même. Quand vers minuit on voyait entrer à Tabarin Jacques L'Aumône entouré de ses acolytes, qui pouvait soupçonner en eux les auteurs de tant de vols et de tant de crimes, mais encore moins deviner que ce ne sont qu'un modeste ingénieur chimiste de province, un secrétaire de mairie, le fils d'une cabaretière, etc.

Mais Jacques sent de nouveau l'épaule de Baponot peser sur la sienne. Il se tourne vers son patron qui s'est endormi ou fait semblant de l'être. Quant à sa voisine le film la passionne tellement qu'elle ne s'aperçoit pas que Jacques allonge sa jambe contre la sienne et la presse. Lorsque l'acteur principal sera mort après beaucoup de grimaces et que les lampions électriques illumineront de nouveau la salle madame Baponot cette fois-ci ne lui adresse aucun regard sévère. Quelle histoire mon dieu quelle histoire.

Puis on marche en troupe dans la nuit et Marthe se trouve enfin à côté de Jacques.

— Comment avez-vous trouvé le grand film ?

Jacques ne répond pas tout de suite. Il est encore en train de se rouler dans les affres de l'agonie, empoisonné par l'élixir psychagogique qu'il a distillé en cachette dans le laboratoire des établissements Baponot. Enfin :

— Pas mal mais bien invraisemblable n'est-ce pas ?

— Vous dites ça pour me faire marcher !

Je sais bien que vous n'êtes pas de ceux-là.

— De ceux-là qui ?

— Qui trouvent cette histoire invraisemblable. Moi j'y crois. Il doit arriver des aventures analogues vous ne pensez pas ?

Jacques fit un geste d'ignorance et cette mimique se fondit dans les ombres qui flottaient entre deux réverbères. Comme Marthe ne l'entendait pas répondre elle reprit :

— Pendant tout le temps j'ai pensé à vous. Je vous voyais dans votre labo et dans mon imagination c'était vous qui prépariez cette mixture.

— Et je devenais aussi laid que le type sur l'écran ?

Le rire de Marthe attira Tino.

— Je ne vous dérange pas ?

— Tino, dit Marthe joyeusement, vous ne trouvez pas que monsieur L'Aumône doit être un homme dans le genre du héros du film ?

— Bien sûr, répondit Tino chaleureusement.

— Vous ne l'avez jamais vu en train de manipuler les flacons ?

— Non, dit Tino. Je n'ai pas plus droit au laboratoire qu'à la compagnie théâtrale.

— Vous travaillez cette nuit ?

— Non, dit Jacques.

Les petites l'attendaient dans un coin d'ombre. On pousse une porte et puis un long couloir tout noir mène à une autre porte où l'on frappe.

VI

Linaire ouvre. Il ne voit d'abord que les deux filles. Il les fait entrer avec empressement. Il montre sa joie. Il profère des propos gentils. Mais un troisième être humain apparaît. Linaire fait alors une drôle de trombine. Les traits de son visage tombent en miettes. Les petites n'osent pas trop sourire.

— Je ne vous dérange pas ? demande Jacques en posant son chapeau sur une chaise. J'avais l'intention de vous faire une petite visite je me suis dit après le cinéma ce serait un moment bien choisi et là-dessus je rencontre mademoiselle Étienne qui allait justement chez vous. Vous n'ignorez pas que mademoiselle Étienne travaille avec moi chez Baponot ?

— J'ignorais, dit Linaire d'un ton mort.

Tout le monde reste là, sur place, dans le silence.

— On vous dérange peut-être, dit L'Aumône.

Linaire sursaute.

— Finissez donc d'entrer.

Il les mena dans sa salle à manger. Un gâteau se trouvait sur la table, tout plein de crème et glacé par-dessus, verres et couverts préparés au nombre de trois. Ginette et Pierrette s'assirent et Linaire fouille dans une armoire pour le verre et couvert de Jacques. Pierrette était bien sage, les mains croisées; elle portait des chaussettes hautes, jusqu'au genou. Rien n'exprimait ce qu'elle pouvait penser. Linaire la regardait à la sauvette, n'osant s'attarder. Il tremblait un peu en plaçant assiette, fourchette, cuiller. Jacques la regardait aussi la petite Pierrette. Il comprenait que Linaire en fût amoureux. Lui il était trop jeune pour s'éprendre d'une fillette encore maigrichonne, il préférait les blondes solides et charnues comme Suzanne ou madame Baponot mais enfin Pierrette avait son charme. Ginette, elle, croisait les jambes avec désinvolture mais dans ses yeux Jacques déchiffrait l'inquiétude, et même l'affolement.

— Vous voulez du gâteau, demande brusquement Linaire. Vous appréciez les sucreries ?

— J'en prendrai volontiers, dit Jacques.

— Je vais le découper, dit Ginette qui s'empressa.

— Je peux vous offrir de la limonade, dit Linaire. J'ai pensé que pour mademoiselle...

Il s'inclina légèrement vers Pierrette en retroussant la commissure de ses lèvres.

— Ce n'est pas tellement mauvais la limonade, dit Jacques.

— Mais je trouve même ça très bon, dit Ginette. C'est désaltérant.

Pierrette dit d'un petit air canaille.

— J'espérais qu'il y aurait du champagne.

Ginette lui donne un coup de pied en douce.

— Aïe, fait la môme.

Mais Jacques cligne de l'œil et secoue le chef en signe d'approbation.

— Du champagne, s'exclame Linaire. Du champagne ! je n'y avais pas pensé. Mais pour la prochaine fois je vous en promets.

— Là tu vois, dit Pierrette à sa sœur.

Ginette passe les morceaux de pâtisserie. On commence à lécher sa cuiller. Linaire examine Pierrette et n'en perd pas une bouchée. De temps à autre il fixe les chaussettes. Ça le bouleverse, plus que la crème, bien que celle-ci soit fouettée.

Jacques fait un petit signe à Pierrette qui tout d'un coup demande d'une voix pointue :

— Et madame Linaire, monsieur Linaire, comment qu'elle va, madame Linaire ?

D'émoi Ginette laisse tomber du gâteau sur la carpette.

Oh ! excuses qu'elle fait.

Et elle gratte la crème avec sa cuiller, en rebroussant les poils du tapis.

Linaire regarde Ginette.

— Elle va bien. Merci. Elle est couchée. Elle se couche tôt. C'est son habitude. Elle se couche tôt. Elle est couchée. Merci. Elle va bien.

— Madame Linaire se couche tôt par goût, demande Jacques, ou bien est-ce vous qui le lui conseillez, par hygiène ?

— Il est exact qu'il est très sain de se coucher tôt, répond le pharmacien avec gravité.

— Nous n'en doutons pas, dit Jacques.

Un silence pour liquider les assiettes, et Linaire après avoir toussé de sourds sons posa la suivante question :

— Mais monsieur... monsieur ?

— L'Aumône, dit Jacques.

— Monsieur L'Aumône, vous m'avez bien dit tout à l'heure que vous êtiez chez Baponot ? Je ne me trompe pas ?

— C'est exact. Je suis chimiste.

— Et ça marche ?

— Ça marche. Nous travaillons sur plusieurs produits nouveaux. Je fais aussi des recherches personnelles.

— C'est lui qui vous envoie ici ?

— Qui ? Où ?

— Baponot. Chez moi.

— Pourquoi m'enverrait-il ?

— Allons, ne faites pas l'idiot.

Linaire dit ça d'un ton excédé. Jacques se dresse avec véhémence, tout juste s'il ne renverse pas sa chaise en se levant.

— Monsieur, profère-t-il d'une voix tremblante, monsieur je n'ai jamais permis à quiconque même à un pharmacien âgé de me traiter d'idiot.

Les filles l'admirèrent, Linaire le regarda d'un air las.

— Monsieur Linaire, continua Jacques, les gens qui me traitent d'idiot en général je leur casse la gueule.

— Il a été champion de Paris amateurs, murmura Ginette.

C'était dit à l'intention de Linaire, pour le documenter. Mais le pharmacien n'avait pas peur. Il ne savait pas ce que c'était que la boxe, il ne s'était pas battu depuis quarante-cinq ans alors tout ça : des mots creux, non des coups possibles.

— Je peux vous faire des excuses, chantonna-t-il avec indifférence. Mais asseyez-vous d'abord et ne criez pas comme ça.

— J'accepte vos excuses, dit Jacques.

Il s'assit.

— Alors je recommence, dit Linaire. Baponot vous envoie ici ?

— Non.

— Vous ne venez pas pour l'élixir ? C'est un vieux projet à lui.

— J'accompagnais ces demoiselles, dit Jacques.

Linaire fronça les sourcils.

— Vous vous mêlez de ce qui ne vous regarde pas.

— Je ne voulais pas être indiscret.

— Vous l'êtes pourtant, bon dieu, vous l'êtes ! Je ne vous avais pas invité, bon dieu de bon dieu.

Il se fâchait, Linaire. Ça ne s'entendait pas seulement, ça se voyait aussi : aux poils de sa barbe, à la peau des oreilles, qui frémissaient les uns tels une forêt secouée par le vent, l'autre telle un grand lac ondulé par la brise.

— Je ne vois pas en quoi je le suis, répliqua Jacques. Vous pouvez aussi bien parler à ces demoiselles devant moi. Vous n'avez pas de secrets avec elles je pense ?

— Oh non, dit Ginette.

— Quels secrets ? demanda Pierrette.

Elle caressait l'une de ses chaussettes qui avait tendance à tirebouchonner. Linaire louchait.

— Pierrette, dit Jacques d'une voix sévère, laissez donc vos chaussettes tranquilles.

La fillette obéit en souriant. Linaire cessa de loucher pour béer.

— Vous savez bien que je suis la secrétaire de Baponot, lui dit Ginette.

— Moi-z-aussi j'irai chez Baponot, dit Pierrette en regardant ses ongles qu'elle n'osait encore vernir et qu'elle ne rongeait déjà plus.

— Entre autres choses, dit Jacques, je travaille à exterminer les doryphores.

Il prit un air solennel :

— Un rude boulot.

Et d'un air confidentiel :

— Je cherche aussi à sélectionner une race de poux géants.

— Bonne idée, dit Linaire d'un ton morne.

Il se leva. Il se dirigea vers une armoire :

— Vous voulez bien un digestif ? J'ai quelque chose de doux pour ces demoiselles. Monsieur L'Aumône, vous prendrez peut-être du marc ?

— Évidemment, dit Jacques.

— Est-ce que je pourrais essayer du marc ? demanda Pierrette.

— Non, lui répondit Jacques. Une autre fois je ne dis pas.

Linaire faisait le service.

— Vous savez qu'on a créé une troupe théâtrale, lui dit Ginette. Je fais le rôle de Célimène dans le Misanthrope.

— Très bien, très bien.

Il n'écoutait plus ce qu'on disait.

Pierrette gloussa, sans explications. Et Jacques reprit :

— Je venais vous voir au sujet d'une affaire dont je voulais vous parler quand j'ai rencontré ces demoiselles à la porte. Comme elles m'ont dit que je ne les dérangerais pas j'espérais que je ne vous dérangerais pas non plus. Quant à savoir pourquoi vous invitiez ces demoiselles à venir manger du gâteau chez vous après le cinéma c'est en dehors de mes préoccupations quoique en tant que directeur de l'Illustre Théâtre je doive surveiller les membres de ma troupe Ginette en particulier. Elle devrait déjà dormir et non vadrouiller ainsi la nuit chez les bourgeois.

— J'aurais pu venir seule, dit Pierrette en baissant les yeux.

Linaire grogna quelque chose qu'on n'entendit pas.

— Je connais très bien mon rôle maintenant, dit Ginette.

— Il ne s'agit pas de tout ça, dit Jacques, mais bien de ce pourquoi je me trouve ici. Ginette, cela ne vous ennuie pas que j'en parle à monsieur Linaire tout de suite ?

— Je n'y vois pas d'inconvénients, dit Ginette.

— Moi non plus, dit Pierrette en tirant sur ses chaussettes.

— Laissez donc vos chaussettes tranquilles, dit Jacques.

— Il n'y a pas de mal à ça, dit tout à coup Linaire d'une voix aigre.

— Monsieur Linaire, dit Jacques, je suis venu vous voir au sujet de l'élixir des Joyeux Sansonnets. C'est un médicament sensationnel qui peut faire votre fortune mais

Il s'arrêta de parler pour voir la tête que faisait Linaire mais le pharmacien n'en faisait aucune.

— Mais, reprit Jacques, vous ne vous êtes pas soucié jusqu'à présent d'exploiter cette remarquable découverte selon des principes modernes.

Linaire ne bronchant pas, Jacques continua :

— Ce serait aussi une œuvre humanitaire de diffuser la connaissance d'un médicament aussi efficace pour des maladies aussi graves.

Jacques continuait :

— Bref, un bénéfice double. Un bénéfice pour vous, un bénéfice pour l'humanité.

— Ça fait, dit Linaire, quinze ans que Baponot me tanne les oreilles avec cette histoire-là. Il s'en fout pas mal de l'humanité. Pure question de vanité chez lui ! Veut pas rester dans le vétérinaire, veut se hisser dans le pharmaceutique. Trouve ça plus distingué ce parvenu. Eh bien, je m'en fous de sa vanité. Qu'il reste dans le vétérinaire ! Bien fait pour lui, bougre de salaud !

— Oui mais moi ? Je ne suis pas Baponot.

— Vous travaillez pour lui.

— Mais si je ne travaillais plus pour lui ?

— Qui êtes-vous au juste ?

— L'ami de ces demoiselles, dit Jacques en souriant largement.

Pierrette pouffa tandis que sa sœur dirigeait son regard vers l'une des potiches qui ornaient la cheminée, celle de droite ça se trouvait.

Linaire haussa les épaules et rapprocha sa chaise de celle de Pierrette. Il dit d'un air bénin :

— On ne peut jamais être tranquille. On vient vous enquiquiner jusque chez vous. Je ne demande rien à personne, simplement qu'on me laisse en paix avec mon élixir que je vends comme ça me plaît quand ça me plaît à qui ça me plaît. Ah !

Et le ton de sa voix monta.

— Ah ! vous voulez rendre célèbre mon élixir ? Bien le merci. Pour avoir ensuite des emmerdements à n'en plus finir. Bien le merci ! Je connais déjà ça. Voyez-vous, monsieur L'Aumône, vous êtes jeune, vous n'avez pas l'air d'un sot, vous allez me comprendre. Figurez-vous qu'à vingt-huit ans j'ai découvert un médicament qui guérissait radicalement la myopie : quelques gouttes dans l'œil et plus besoin de lunettes. Je peux même vous dire avec quoi je fabriquais ce myopicide : avec de la fève de malabar. Donc : quelques gouttes dans l'œil, et plus besoin de lunettes. J'ajoute : plus besoin d'oculistes, plus besoin d'opticiens. Donc : tous les oculistes ruinés, et tous les opticiens. Eh bien, mon cher monsieur L'Aumône, ça a failli me coûter cher cette histoire : ah là là ! la vie. Tout simplement. On a voulu m'assassiner. Parfaitement. Et les marchands d'écaille qui voulaient me couper les oreilles ! Quand j'ai compris j'ai enterré mon myopicide et je suis venu me cacher ici où j'exploite tout bêtement et tout bonnement mon élixir. Car supposez que je fasse du foin avec ? Eh bien ! la même histoire recommencerait. Supposez un instant que je guérisse l'ontalgie existentielle et l'angoisse substantielle et l'épilepsie essentielle, qu'est-ce qu'ils deviendraient les médecins, les théologiens, les pharmaciens, les philosophes, les chirurgiens ? Tous ruinés ! tous foutus ! Plus de Vatican ! plus de Faculté ! Oh mais je les connais, ils ne me laisseraient pas faire dès qu'ils commenceraient à entendre parler de guérison zou ils me feraient disparaître de dessus terre où j'ai bien du plaisir à être surtout en ce moment assis que je suis en face d'une gentille mignonne comme cette enfant.

Il allongea le bras et lui pinça le menton. Ginette toussota, il ramena sa main.

— Je vous comprends parfaitement, monsieur Linaire, dit Jacques, mais si c'était moi qui m'occupais de l'élixir c'est à moi qu'on s'en prendrait non à vous. On s'attaquerait à moi, vous on vous laisserait tranquille.

— Voire, dit le pharmacien qui rapprocha de nouveau sa chaise de celle de Pierrette.

— Je prendrai tous les risques, dit Jacques vous aurez tous les bénéfices, ou presque.

— Vous croyez ?

— Nous nous associerons avec Baponot.

Le pharmacien se gratta la tête avec véhémence, désireux de manifester ainsi le trouble dans lequel l'avaient précipité les propositions de L'Aumône. Mais cette gamine de Pierrette, qui avait les cuisses plus formées que le sens du respect, interprétant cette mimique de la façon la plus concrète, s'écria :

— Comment, monsieur Linaire, vous avez des poux ?

— Pierrette, snappa Ginette avec indignation en décroisant les jambes.

— Pierrette, dit Jacques gravement, je crois qu'il est temps d'aller vous coucher. Je vais vous reconduire à votre mère.

Après l'interjection de Pierrette Linaire s'était arrêté assez surpris mais il ne gueula pas parce qu'il l'aimait trop, cette petite. Il se contenta de dire à L'Aumône :

— Il y aurait une fortune à faire avec un bon produit pour tuer les poux au lieu de chercher à les élever comme vous faites.

Et il rapprocha sa chaise de celle de Pierrette, trois centimètres à peine séparaient maintenant leurs genoux.

— Il n'y a pas de déshonneur à avoir des poux, dit Pierrette d'un petit air gentiment provocateur.

— Non bien sûr, dit Jacques.

— Moi j'en ai eu à l'école, dit Ginette. On me les a fait partir avec une sorte d'onguent tout noir qui salissait mon oreiller.

— Au régiment, dit Jacques, j'ai connu des copains qui en avaient.

— D'ailleurs, dit Linaire en s'adressant tout particulièrement à Pierrette, d'ailleurs, dit Linaire après s'être passé la langue sur les lèvres, d'ailleurs il n'y a pas seulement que les poux de cheveux, ma petite, il faut savoir cela, il y a aussi des poux de corps, de certaines parties du corps, de certaines parties spéciales, bien spéciales.

— Quelles parties ? demanda poliment Pierrette que la question n'intéressait pas spécialement.

— Allons, allons, monsieur Linaire, dit Jacques, soyez sérieux.

— Le phthyrius pubis, commença Linaire.

Ginette se leva.

— Oui, dit Jacques, c'est ça. Il est temps de rentrer chez soi.

Pierrette obéit. Linaire suivit le mouvement tout en priant de rester mais finalement on le quitta sur de bonnes paroles, des promesses de se revoir, des souhaits de bonne nuit.

— Je vous reconduis, dit Jacques aux petites. Vous voyez il ne s'est rien passé d'extraordinaire.

— Quel vieux vilain, dit Pierrette.

— Il a été très correct en fin de compte, dit Ginette.

— Mais j'étais là, dit Jacques.

Ils commentèrent encore une fois tous les trois la soirée. Puis ils se turent. La ville dormait, aux étoiles. La ville n'était pas grande, ils furent bientôt à la porte de madame Étienne. Ils chuchotèrent des bonsoirs.

— Vous irez samedi à la Salle des Fêtes ? demanda Ginette à Jacques.

— Voir cette troupe de music-hall ? C'est toujours moche les tournées comme ça : une chienlit.

— Il y aura un crochet, dit Ginette.

— Oh alors.

Il prit les deux filles dans ses bras et les serra contre lui. Il les baisa sur le front, chastement.

— Bonne nuit petits anges.

— Un jour vous me donnerez votre photo monsieur Jacques, dit Pierrette. Pour épingler. A la tête de mon lit.

Les Provinc'Follies arriva dans l'après-midi du samedi. Jacques était à la gare lorsque l'événement se produisit. Il surveillait le départ de quelques quintaux de Provende Margaritas ante Porcos à destination d'un département voisin. Le train qui venait de la grande ville s'arrêta dans sa fumée et les gens commencèrent à descendre des wagons avec leurs valises ou leurs paquets. D'un compartiment de seconde dégoulina sur le quai un grand et mol individu vêtu de niqueurzes et qui reçut dans ses bras une kyrielle de bagages puis vint toute une série de personnages en qui Jacques reconnut les Provinc' Follies. Enfin apparurent une paire de bas de soie d'une extrême finesse et la personne qui les utilisait. Laquelle, était-il jugé, ne pouvait être autre que l'étoile. Elle s'appelait Rojana Pontez, du moins sur les affiches collées sur les murs de la ville, papiers qui proclamaient d'elle le plus grand bien, ils la qualifiaient de chanteuse réaliste. Elle étonna Jacques sur-le-champ mais elle ne daigna pas abaisser son attention vers lui. La bande se regroupait, ils étaient une douzaine. Victorin qui conduisait l'omnibus de l'hôtel du Lion d'Or finit par les identifier et les aida dans leur transport de bagages. Il y avait aussi des malles enregistrées. Il fallait attendre. Jacques proposa ses services; il était descendu à la gare avec l'auto de Baponot, il pouvait remonter en ville cinq ou six personnes. On accepta, l'étoile naturellement, deux autres femmes, le grand type un peu poulpe et un rigolo rond.

— Vous me permettrez de vous offrir un verre au Lion d'Or, dit Jacques.

— Ce n'est pas de refus, dit le rigolo.

— Quelle sorte de patelin est-ce ici ? demanda le grand type un peu poulpe.

— Une bonne petite ville, dit Jacques. On y aime bien les spectacles.

— Vous croyez que ça marchera ?

— On vous attend avec impatience. Je dois vous avouer que l'annonce du crochet excite beaucoup les jeunes espoirs théâtraux de l'endroit.

— Il y en a ? demanda le rigolo.

— Quelques-uns. Moi-même.

— Vous chantez ? demanda l'une des femmes.

— Oh non.

— Vous dansez ? demanda le rigolo.

— Non plus. Mais j'ai créé ici une petite troupe théâtrale et nous devons jouer bientôt Le Misanthrope,

— Félicitations ! crièrent les visiteurs.

— Nous avons donc affaire à un collègue, dit l'une des femmes assise à côté de lui. L'étoile semblait taciturne et Jacques qui conduisait ne pouvait la voir.

— Vous êtes d'ici ? demanda sa voisine qui celait avec grâce une cinquantaine de piges sous une brillante cosmétique.

— Non. De Paris. De la banlieue plutôt. De Rueil emprès Pontoise.

— Ah, dit la vedette, Rueil.

— Vous connaissez ? demanda Jacques qui écoutait en lui les échos enfantins de cette voix devenue rauque comme il se doit chez une chanteuse de genre.

Elle répondit :

— Comme tout le monde.

Jacques se retourne et comme on passait

devant une lumière publique son visage s'éclaira pour retomber ensuite dans l'ombre mais maintenant il était impossible que Rojana Pontez ne lui dévouât point un peu de son attention. Jacques reprit la position classique du chauffeur prudent mais il ne pouvait se cacher qu'il venait de réunir les éléments d'un grand amour. Cependant il ne tarda pas à constater qu'elle était la maîtresse, la femme légitime même peut-être, du grand type un peu poulpe, un chanteur lui aussi, Robertius, un chanteur comique lui, pas réaliste. Le petit rigolo se prenait pour un comique lui aussi, Graxon qu'il se nommait. La cinquantenaire, Madame Famadousse, tenait bourse, caisse et comptes. L'autre femme dansait le cancan français, la cachucha ou la maxixe à volonté. Le reste de la troupe s'amena sur le coup de la deuxième tournée, également offerte par Jacques qui fit alors connaissance de deux autres danseuses, du chansonnier montmartrois Famadousse, d'une chanteuse à voix et de quelques musiciens. Malheureusement on dut cesser assez rapidement la bibition des pots. Il fallait dîner, reconnaître la salle, monter les décors.

Après le dîner absorbé en hâte Jacques s'empressa de décamper. Suzanne ne voulait pas l'accompagner, elle s'en moquait bien des Provinc'Follies quand on avait connu l'Européen Bobino et le Concert Pacra. Quelques aborigènes vaguaient sur la petite place regardant du coin de l'œil la Salle des Fêtes, ne sachant encore s'ils devaient s'y risquer. Un petit noyau plus stable s'était formé composé des comédiens amateurs à l'exception de Butard mais avec Tino Sabotier en supplément. Ils parlaient fort et gesticulaient et se lançaient des défis : c'était le crochet qui les excitait comme ça. Jacques rejoignit leur groupe. Cependant autour d'eux la foule jusqu'alors égrenée se multipliant prenait une consistance plus gélatineuse et commençait à s'épandre dans la direction de la porte d'entrée où madame Famadousse avait installé sa caisse. Ils suivirent le mouvement et s'installèrent sur deux rangs, en faisant du bruit.

L'exhibition était comme il fallait s'y attendre de qualité médiocre, seule Rojana Pontez pouvait à la rigueur faire exception. Son répertoire d'une non-hispanolité totale ne prétendait pas à l'originalité, les musiciens l'accompagnaient de travers et ses cothurnes étaient légèrement éculés mais elle chantait avec conviction le destin des matelots et des légionnaires et les malheurs de la petite banlieue. Et puis elle était assez belle, trop même pour ce décor miteux. Entre deux chansons, applaudie, elle sourit vers la salle et quand L'Aumône comprit que c'était pour lui ça acheva de l'achever. Il ne pouvait plus maintenant concevoir une vie sans elle.

Enfin le crochet vint. Tino Sabotier se fit mettre en boîte, et deux ou trois autres malheureux ou malheureuses. La troupe locale ne se compromit pas : ils avaient compris qu'il fallait garder son prestige. Après la séance, triomphale, Jacques plaqua ses copains et se glissa vers les artistes qui l'accueillirent en frère car ils subodoraient une tournée, qu'il offrit. On se dirigea donc du côté d'un bistrot, dans la nuit. Deux des petites danseuses prirent Jacques chacune par un bras car elles craignaient de se tordre les pieds sur ces sales pavés mais leur contact pressant ne l'intéressait pas. Dans un groupe voisin il entendait parfois la voix de Rojana qui demandait si la recette avait été bonne ou qui proférait des merde ! quand une chute menaçait de la projeter sur ce sol où des vaches avaient fienté.

Au Lion d'Or on lui accorda le droit de s'asseoir à côté de la vedette. Il était très ému et avait peur de rougir. Rojana n'avait pas l'air de faire très attention à lui par contre Babette l'une des ballerines lui faisait de l'œil effrontément et ça l'intimidait. Il bafouilla quelques compliments, déclara qu'il avait beaucoup aimé la chanson sur les chiens d'Asnières. Ça le touchait particulièrement parce qu'il connaissait bien le coin et puis aussi parce que c'était bien chanté. Elle allait peut-être répondre quelque chose d'intéressant mais on ne les laissa pas bavarder ensemble la conversation devant être générale. Il fut question de la tournée, des mérites et démérites des différents crochets, de la qualité des différentes villes et de leurs publics, de l'art théâtral, des puces d'hôtel, des punaises, des poux même ! et quand il arrivait à Jacques d'un geste involontaire ou presque de prendre un léger contact avec la substance charnelle de sa voisine son gosier se serrait un petit peu plus et sa voix s'effritait.

Il but.

Les acteurs montèrent se coucher.

Robertius était l'amant de Rojana, bien sûr. Babette s'offrit.

L'Aumône n'en voulut pas. Il s'éloigna dans la nuit. Ça l'embêtait de rentrer à la maison. Il alla coucher au labo mais il évita les lumières de peur d'attirer la famille Baponot. La répétition du dimanche était remise, il avait l'intention de retourner l'après-midi à la Salle des Fêtes. Il fit un petit tour chez lui dans la matinée, Suzanne et Michou étaient sortis. Tôt avant l'heure de l'apéritif il alla au Lion d'Or et se joignit à trois ou quatre membres de la troupe mais il ne vit pas Rojana. Il déjeune avec Michou et Suzanne qui lui posa des questions désagréables : on lui avait déjà raconté pas mal de choses sur son comportement à lui, elle se croyait très bien renseignée, imaginant des choses. Jacques vit à son air qu'elle cherchait la bagarre, ça le barba, il vida la bouteille de rouge et décampe. Une partie de ses camarades étaient revenus pour voir, comme lui, une seconde fois le spectacle. Rojana fut aussi épatante que la veille mais elle oublia de lui sourire, ce qui le déprima. Le crochet fut assez morne : quelques culs-terreux s'exhibèrent, sans grande distinction. Après le spectacle, on alla vider des pots mais bien vite Jacques plaqua les copains pour aller au Lion d'Or où il tomba sur la bande et Rojana se trouvait là. Vers les sept heures du soir on put s'apercevoir qu'il commençait à être saoul. Il dîne avec eux. Il les accompagne à la Salle des Fêtes, il monte sur la scène.

Butard frappe à sa porte. Suzanne vint lui ouvrir.

— Le gosse dort ? demande-t-il.

T'occupe pas qu'elle dit.

Et il entra. Ils s'embrassèrent avec véhémence.

— Jacques est en train de faire le con, dit Butard lorsqu'il eut dégagé ses lèvres.

— Ne me parle pas de ce type-là, répondit Suzanne qui l'entraîna vers le lit.

A la demie d'onze heures Butard commence à se rhabiller.

— Pourquoi que tu disais tout à l'heure qu'il faisait le con ? demande Suzanne.

— Il s'est mêlé à la troupe des Comédiens et il fait des numéros.

— Et c'est drôle ?

— Tout le monde rit. On l'applaudit beaucoup.

— Ce que les gens peuvent être bêtes. Pauvre humanité.

— Tu as bien raison, dit Butard. Pauvre humanité.

— Qu'est-ce qu'il peut bien faire pour avoir l'air drôle, se demanda rêveusement Suzanne.

— C'est pas explicable, dit Butard. C'est les gestes. La physionomie. Les mots.

— Quel type, soupira Suzanne. Qu'est-ce qui lui a pris ?

— Incompréhensible, dit Butard.

— Tu devrais t'en aller, dit Suzanne.

— Je m'en vais, dit Butard sans bouger.

— S'il te trouve il te casse la gueule.

— C'est vrai ou c'est faux qu'il a été champion de France amateurs ?

— Paraît.

Butard réfléchit encore et dit :

— Saoul comme il est il ne va pas rentrer dormir ici.

— Ne t'y fie pas.

Elle ajouta :

— Et puis j'en ai assez de tes questions. Barre-toi.

— Bon. Bon.

Il s'en alla.

Elle pensait elle aussi qu'il ne rentrerait pas à la maison. Et s'endormit donc bien vite. Mais vers les trois heures du matin Jacques s'amène. Il avait un peu dormi au labo et puis s'était trempé la figure dans l'eau, il était à peu près lucide. Il va chercher dans un placard du couloir et transporte dans la chambre une valise qu'il commence à bourrer. Il avait allumé l'électricité. Ça n'avait pas réveillé Suzanne. Il prend du linge, sa brosse à dents, divers objets, boucle le bagage qu'il va porter en haut de l'escalier. Il éteint puis il entre dans la petite pièce où couchait Michou. Il allume l'électricité. Ça ne réveilla pas Michou. Il le regarde. Michou s'était un peu découvert. Jacques replace les draps. Le petit soupire, s'agite un peu, dort toujours. Jacques se penche et l'embrasse. Le gosse sentait un peu le pipi car Suzanne ne le tenait pas très bien. Une seconde fois Jacques l'embrasse il le regarde encore un peu.

Enfin il se décide. Il éteint et s'en va.

Seul avec sa valise il descendit jusqu'à la gare. Il ne rencontra personne, des chats à la rigueur. Il se coucha sur un banc, à la terrasse d'un café. Il somnola. Vers les cinq heures du matin il entendit l'omnibus de l'hôtel du Lion d'Or qui approchait tout grinçant.

Le train était à 5 h. 33.

Il y en eut d'autres : à 7 h. 15, à 19 h. 36, à 21 h. 44, à 18 h. 12, à 0 h. 01, à 13 h. 61, des omnibus, des express, des pleins, des bondés, des vides, des cahotants, des ternes, des électriques, il y en eut des longs, des courts, des maigres, des jeunes, des vieux, mais jamais de sleepings, jamais de pullmans, pas même de premières, toujours de la troisième classe, à défaut de wagons à bestiaux.

Tout ça pour en finir par Paris, les lèvres miteuses, les cils écumés, les pieds rongés, la valise assortie et des mots comme ça :

— C'est bon je ne reviendrai plus.

VII

— Tu feras mieux. Ce n'est pas la peine.

Il eut peur de le dire mais enfin il fallait bien le dire et il le dit :

— Alors c'est fini ?

— C'est fini.

Il prit son chapeau et sur un adieu auquel elle ne répondit pas il s'en fut. Il descendit lentement, par l'escalier, oubliant l'ascenseur. Il se retrouva dans la rue, la rue Pigalle, devant la porte de l'hôtel. Il regarda vers le nord, vers le sud, ne sachant où aller, à quel courant de foule se donner. Il n'avait rien de spécial à faire. Il n'était attendu nulle part, il n'avait pas envie d'aller ici plutôt que là. Il se décida pour le sud mais au coin de la rue Fontaine le nord l'emporta. L'heure de l'apéritif approchait un apéritif d'octobre déjà crépusculaire. Jacques alla s'asseoir à une terrasse de la place Blanche.

Ce qui l'étonnait le plus c'est que cela ne lui fît pas plus mal. Sa stupeur il ne la sentait pas comme douloureuse. Cette constatation lui suggéra la résolution de ne plus penser à cette histoire au moins pendant ces premières minutes. Assez lâchement il ne laissa subsister de ce faisceau de sentiments, d'incidents et d'anecdotes que la gerbe de petits faits désagréables offerts à son souvenir par le mépris de Rojana. Il abandonna donc la piste saumâtre de son amour congédié pour examiner avec plus d'attention sa situation en tant qu'être social pourvu ou dépourvu de métier. Eh bien à cet égard il ne représentait pas grand'chose. Il ne représentait même rien du tout depuis que le théâtre où il jouait un rôle, muet, de domestique avait fermé ses portes huit jours après sa réouverture et ce rôle Jacques ne l'avait obtenu que grâce à la protection de Rojana. Maintenant il se retrouvait seul à et dans Paris, sans amis, sans relations, avec dans sa poche à peine de quoi tenir quinze jours.

Ça vexait quelque peu Jacques cette appartenance à la classe nulle d'autant plus qu'il en arrivait à penser que jeune encore son avenir était déjà comme disait son futé de papa, derrière lui.

Comme des fœtus miniatures parfaitement constitués il faisait défiler devant lui tous les germes de figures sociales qu'il avait irréalisées. Il revenait de sept huit années en arrière et le voilà maintenant capitaine de l'armée hollandaise, directeur d'usine, attaché d'ambassade à Pékin, banquier, clown (célèbre), peintre (célèbre), archiviste paléographe, aspirant de marine (à bord du dernier voilier), coureur cycliste (vainqueur du Tour d'Europe), champion du monde d'échecs (inventeur du Gambit L'Aumône et du début f2-f3, h7-h5), gentleman farmer en Australie (et qu'est-ce qu'il n'exterminait pas comme lapins), barman (au Ritz), astronome (il découvre la première planète hors du système solaire, un satellite d'α du Centaure), député (le plus jeune de France), journaliste (reporter aux multiples ruses et à l'audace imperturbable), acrobate (le premier à réaliser le sextuple saut périlleux en arrière sans élan), fakir dans le cristal (une vieille gitane l'a initié à tous les mystères mantiques), médecin (psychanalyste), médecin (acupuncteur), médecin (ostéopathe), médecin (chiropractor), médecin (chirurgien dentiste), explorateur (astronaute, car sinon où ça ? et de quoi ?), chercheur d'or (il devient riche forcément), chercheur de trésors (il en trouve au fond des mers quand ce n'est pas dans de vieux châteaux), lord anglais (par adoption), grand lama (par vocation), président de la république de Nicaragua (par élection), président de la république de Costa Rica (par révolution), président de la république de Guatemala (par occupation), il oublie maintenant l'ambition, il y a tant d'autres possibles, triumvir, uhlan, plombier, tétrarque, rétiaire, schah, faux saulnier, éléphant blanc (par transformation magique), sauterelle adultère, peplum chinois, morceau de sucre, bout de savon fondant. Il disparaissait comme ça lentement, dans un petit bol d'eau, pas propre même, car un type s'en était servi, de lui, pour se décrasser les digitaux.

Il paya son verre et se leva. Résorbant toutes ces destinées, de sa marche il tira l'excitant nécessaire à des pensers pratiques. Il n'allait tout de même pas vagir longtemps comme ça sur le passé tel un enfant abandonné par sa tite mère. Du côté chimie peu d'espoirs car après tout il n'y connaissait rien mais du côté théâtre il pouvait récolter quelques figurations : c'était pas brillant brillant mais ça le poussait tout de même un peu plus loin dans l'existence. Encore une fois c'était pas brillant pas brillant mais que faire ? S'engager à dix-huit ans pour devenir capitaine dans l'armée hollandaise ? grimper avec rapidité les échelons de la bureaucratie d'usine pour en de cette usine devenir presto directeur ? faire les sciences Po pour l'ambassade de Chine ? et ainsi de suite ? il aurait recommencé le défilé mais il avait fini de dîner et il se paya le cinéma qui dispersa tout ce carnaval au profit d'une sombre histoire de sombre assassinat.

Jacques s'était offert du velouteux fauteuil,

aux meilleures places, quelque part du côté du mezzanine, dans le coin où ça devient climatisé et où le plafond s'entrouvre pour laisser voir les étoiles que chante un ténor bakerfixé. Turellement dans cette région de l'espace le monde s'y montre très choisi; de l'industriel en tweed, de la bourgeoise en bas de soie et dessous réduits, de la tata sélect, enfin, en gros, c'est cher, quoi. Jacques une fois débarrassé des diverses destinées dans lesquelles il eût pu succomber barbotait maintenant dans le sang, avec les boures à ses trousses en raison de sa criminalité singulièrement développée. Cette activité illégale ne l'empêcha cependant point de constater qu'une jambe tiède et charnue droite voisinait la sienne gauche. Il s'en approcha. La jambe sembla pendant quelque temps agréer cet hommage puis elle se retira comme outragée. Jacques n'osa point la poursuivre. D'ailleurs à ce moment il succombait troué par de multiples balles.

Lorsque la lumière se fit il regarda la femme qui près de lui détenait cette jambe tiède et charnue et il reconnut Dominique et Dominique le reconnut. Ils se dirent vous et Dominique présenta Jacques à son mari monsieur Morsom et à ses amis lesquels accueillirent Jacques avec indifférence et politesse et Dominique invita chaudement Jacques à lui téléphoner et Jacques sortit un bout de papier et y nota gravement le numéro de téléphone. Puis on se sépara. Et Jacques s'éloigna bien décidé : jamais il ne ferait par sept fois subir au cadran d'un automatique les rotations d'amplitudes diverses correspondant aux trois lettres et aux quatre chiffres de l'appel indiqué.

Ensuite il expérimenta les tourments exquis de la sollicitation et les humiliations délicates de la demande d'emploi. Une jeune troupe le recueillit enfin pour un petit rôle dans une pièce de Jean Giraunio. Il avait droit à deux répliques et un peu d'argent. C'était pas brillant brillant, ça ne lui permettait pas de crever absolument mais c'en était proche. Peu à peu il prit goût à cette situation et ainsi débarrassé d'une certaine quantité de son être il conçut d'autres ambitions. Les longues journées que n'utilisait pas son métier il les distribua selon diverses inoccupations et parvint ainsi bientôt à exclure de son temps tout remplissage et à vider son existence des incidents souhaitables ou redoutés qui font croire que l'on vit. Mais de même que dans les coquilles d'escargots la chiure appréciée des gourmets demeure jusqu'au fin fond il restait en Jacques un résidu qui prit la forme d'une visite à Dominique.

Elle lui avait écrit au théâtre où elle avait eu la surprise de le voir sur la scène. Cette seconde rencontre en appelait une troisième et celle-ci : à leur gré. Un jour de février à l'heure où la neige tombe, grelottant parce que miteusement vêtu, il se présenta donc à la porte du chouette appartement où logeait Dominique. Une soubrette le fit entrer et le débarrassa de sa pelure. Réduit à la chasteté depuis des semaines il passa discrètement la main sur les fesses musclées de cette ancille quoique à la suite de sa dernière déception il eût renoncé à l'amour, à ses pompiers et à ses manœuvres et traficotât désormais sur le plan de la renonciation.

La servante le conduisit dans un studio où turellement jamais l'on n'estudia mais garni de phonos radios bars et de fleurs. Dominique l'attendait, elle alla vers lui et ils s'assirent face à face, dans du mobilier confortable.

— Je n'ose plus vous tutoyer, dit Dominique.

— Je comprends ça. Mais on peut très bien se vouvoyer. A moins de parler à la troisième personne je ne vois pas d'autre solution.

Elle rit.

— Alors dit Jacques, Dominique Magnin est mariée ?

— Oui. Vous ne le saviez pas ?

— Si. Rojana m'avait raconté ça.

— Comment va-t-elle ?

— Est-ce pour avoir de ses nouvelles que vous vouliez me voir ?

Dominique sourit.

— Un peu.

— Je ne pourrai pas vous renseigner beaucoup. Je ne la vois plus. C'est fini entre nous.

— Je ne savais pas, dit Dominique.

Jacques se lève et fait quelques pas. Il examine quelques objets.

— Oui, c'est fini. Depuis trois mois.

Il ajoute :

— Ça n'a pas duré longtemps d'ailleurs.

Il reprend sa place sagement, dans le fauteuil.

Il dit encore :

— Elle vous avait écrit que nous nous étions retrouvés, n'est-ce pas ?

— C'est même la seule lettre qu'elle m'ait écrite en quatre ans.

— Quel honneur pour moi. Il faut reconnaître que pour une coïncidence quelle coïncidence. Il ne fut pas étonnant que j'en devienne amoureux.

— De la coïncidence ?

— De Camille.

— Vous l'aimez toujours ?

— Je me donne du mal pour l'oublier et je crois y parvenir.

— Pauvre Camille ! soupira Dominique.

— Pauvre Jacques voulez-vous dire. Elle ne m'a jamais aimé. Elle ne vous le disait certainement pas dans sa lettre qu'elle m'aimait.

Dominique ne répondit pas. Jacques reprit :

— Vous souvenez-vous de nos promenades au bois de Saint-Cucufa et au mont Valérien et plus tard nos baignades au Club Clodoaldien et nos parties de tennis chez vos amis de Suresnes et tant d'autres charmants souvenirs ? Camille elle s'en foutait. Nous n'avons jamais parlé de tout ça. Elle n'était pas du tout sentimentale Camille, vous ne saviez pas ? Et puis mademoiselle Camille Magnin n'existait plus pour elle, il n'y avait plus que Rojana Pontez.

— Elle a du talent ?

Il haussa les épaules.

— Pas des bottes. Niveau tournées de province, pas plus. En première partie au Petit Casino à la rigueur, à l'Européen je ne sais même pas.

— Pauvre Camille, soupira Dominique.

— C'est une vache c'est tout, dit Jacques.

— Alors vous n'aimez peut-être pas beaucoup non plus la sœur.

— Ce n'est pas la même chose. Évidemment.

— Vraiment ? J'ai toujours eu de l'amitié pour vous, Jacques.

— Vous ne me l'avez pas toujours montré quand nous étions gosses, répliqua Jacques en riant.

— Mais nous ne sommes plus des gosses.

— Ce que je pouvais déconner pardon : dire des bêtises quand j'étais môme.

— Pourquoi donc ?

— Bah ! J'en ai raconté des histoires à Camille. Je faisais des projets extraordinaires et cette garce me les rappelait plus tard quand je n'étais plus qu'un pauvre comédien. Elle se souvenait de mes mots d'enfant et me les ressortait pour m'éblouir. Elle voulait m'écraser avec ça. Elle me rappelait que je me voyais déjà pape, académicien, empereur ! Et comme je n'étais rien de tout ça : il y avait de quoi rire. Elle ne s'en privait pas et finalement elle m'a foutu dehors. Mais savez-vous ce qui arrive maintenant, Dominique ? Ce qui m'arrive ? Je deviens humble, je veux devenir humble. Pas modeste. Humble. C'est très difficile d'ailleurs, très compliqué. Pas simple du tout. Je ne comprends pas bien moi-même. Mais je vous en ai dit assez, du moins pour aujourd'hui.

Il sourit.

— Et je vous remercie de m'avoir écouté avec tant d'attention.

Il se leva.

— Vous ne vous en allez pas déjà ?

— Excusez-moi...

— Vous n'êtes attendu nulle part, je suis sûre.

— C'est vrai.

— Restez encore un peu, Jacques. Dites-moi ce que vous appelez l'humilité.

— Je ne sais pas. Je ne sais pas grand'chose allez !

— Voilà de l'humilité non ?

— Peut-être. Mais vous comprenez que ce qu'il y a de calé là-dedans c'est que dire qu'on est humble ce n'est plus l'être, le penser même c'est déjà ne plus l'être. Le langage est gênant. Et je ne fais que de commencer.

— Commencer quoi ?

— Eh bien... mais : rien. Ça.

Il avait inventé au fur et à mesure qu'il avait parlé. Il ne savait plus très bien où aller maintenant. Il lui fallait reprendre haleine. Il obliqua.

— Qui est ce monsieur Morsom ? demanda-t-il brusquement. Si je ne suis pas indiscret.

Alors elle l'invite à dîner. Il accepta : cela lui faisait gagner un repas. Et prit congé.

Il descendit l'avenue de Versailles jusqu'à la porte de Saint-Cloud pour prendre le métro et rentrer chez lui où il allait avant le théâtre dîner d'un riz au gras qu'il se préparait en grosse quantité en une fois et qui lui faisait toute la semaine. Il avait abandonné les restaurants et se voulait végétarien. De plus il décida de boire de l'eau mais ne put se résoudre à renoncer au tabac. Quant à l'amour charnel le congé que lui avait si méchamment donné Camille le contrariait à tel point qu'il n'éprouvait aucun désir. Mais tout cela relevait plus d'un régime que de l'humilité. Le premier acte de cette nature qu'il commit ce fut en se rendant à l'invitation de Dominique. Il s'était mis en retard sans raison visible et dans le couloir de la station Marbeuf il bouscule un petit bonhomme qui se met à râler. Il se retourne pour regarder l'ostrogoth et plein de mépris lui tire la langue. Puis il continue son chemin.

Sur le quai il attendait paisiblement une rame lorsque surgit le petit bonhomme qui se met à bramer. Naturellement Jacques lui répond sans hésitation qu'il l'emmerde et copieusement même et à pied aussi bien qu'à cheval. Contrairement à toute supposition possible au lieu de répliquer par un classique « dites donc vous » et tenant compte de la carrure de son adversaire de se cantonner dans le domaine des modérées revanches verbales le petit bonhomme s'élevant sur la pointe des pieds lui administre une paire de claques. Les spectateurs goûtèrent fort cet exploit mais attendaient la riposte. Elle ne vint pas. On en fut surpris. Certains même trop sots pour s'étonner se demandèrent s'ils ne profiteraient pas de cette occasion inespérée de pouvoir gifler quelqu'un sans crainte de se faire dérouiller. Devant tant de lâcheté des femmes se composèrent des visages de haine.

Mais Jacques se réjouissait en son cœur d'avoir pour la première fois de sa vie accompli un acte d'humilité. Un champion (de France) (amateur) de boxe (poids mi-lourd), se laissa calotter simplement pour ne pas montrer une supériorité quelconque. La sensation d'enthousiasme qu'il éprouvait dans son dedans lui fit aussitôt paraître parfumés de roses les chemins de l'obscurité. Il arriva chez les Morsom dans une humeur merveilleuse. La même soubrette lui ouvrit, il lui pinça joyeusement la taille et il entra dans le studio où quelques personnes s'affairaient autour du bar en boivant des coquetèles. Dominique vint vers lui accueillante charmante souriante minouchante. Le mari Morsom était un rondouillard cossu à mine faussement autoritaire. Pas drôle. Les autres personnes de l'assistance Jacques n'en comprit point les noms lorsqu'on le présenta. Il s'inclina cérémonieusement devant toute cette coterie qui avait l'air si bien riche et accepta le gobelet à lui offert afin de ne se point distinguer en se déclarant grenouillard et manquer ainsi aux règles les plus élémentaires de l'humilité la plus puérile et la plus humble.

Dominique lui tint pendant quelque temps compagnie puis finit par l'abandonner bicause l'arrivée de nouveaux invités ce qu'il y en avait ce qu'il y en avait. Jacques, seul, avec son verre, s'embêtait, radicalement, il râlait, furieux, d'être venu. Mais constatant ces réactions malsaines il fit surgir en lui des puissances angéliques et il accepta cette situation emmerdante avec une vaste sérénité. Comme pour le récompenser de sa bénévolence la soubrette vint annoncer que madame est servie. Il y avait bien quinze personnes : quel gala ! quel gueuleton ! et en l'honneur de quoi ! de qui ! ça dépassait la compréhension ! et tous les mercredis la même chose ! invité tous les mercredis ? une habitude ? un fait en tous cas ! et pourquoi le mercredi ? Et il y avait encore ceci qui demandait réponse quoique Jacques ne pût la donner : ces gens ne savaient-ils donc pas qu'il était un pauvre bougre, un moins que rien. Il ne semblait pas. Ils lui disaient des mots aimables parce qu'il jouait dans une pièce de Jean Giraunio qu'on admirait beaucoup en général parmi eux. La conversation était du type galopant et laissait le plus souvent Jacques loin derrière. Les affaires l'étonnaient : il se constatait bien inculte et grossier en cette matière. Parfois en déchiquetant sa sole meunière ou sa poularde à la sauce Berry il projetait de se mêler à cette brillante pléiade de coupeurs de bourse qui ornaient de leurs plastrons de chemise énergiques la salle à manger des époux Morsom. Une idée à creuser : munir les taxis de postes (récepteurs) de radio. Ça pouvait rapporter une centaine de mille francs deux cent mille sans exagérer trois cents peut-être alors adieu le théâtre et vive une liberté protégée de tout heurt par des coussinets de billets de cent sous. Mais Jacques ne se laissait pas entraîner car aussitôt qu'il voyait naître une de ces histoires il lui courait sus et lui tordait le cou. L'humilité exige aussi qu'à l'intérieur on ne déborde pas. La surprise provoquée par ces constats d'orgueil et leur suite oniricide suspendait un instant la marche méthodique de la fourchette et du couteau : ce n'était qu'un instant et Jacques recommençait à bâfrer avec entrain laissant couler en lui le flot pailleté d'or des propos économiques, industriels et commerciaux des petits copains aux Morsom. Quand on parlait ciné, poux, voyages, Jacques se risquait alors parfois à faire glisser jusqu'au milieu de la table une appréciation que les fortes gueules en général cassaient entre leurs dents. Mais Jacques ne s'en vexait pas : il se serait reproché de briller étant donné ses nouvelles ambitions. Quand la parlote passait aux hostelleries et boîtes de divers genres il la bouclait définitivement n'étant pas encore parvenu à ce stade où l'on recherche le ridicule de préférence à une médiocrité de laquelle on se pourrait satisfaire. Quant aux femmes elles étaient en majorité bien coquines coucheuses en diable semblait-il et probablement partouzardes. Deux ou trois s'intéressèrent à lui parce que acteur mais le voyant si modeste elles l'abandonnaient. Tout ce monde dînait fort tard. Jacques qui n'apparaissait cependant qu'au second acte devait parfois se tirer avant le dessert.

Le contact de ces rupins le remplissait d'aise car c'était là le repoussoir dont il avait désormais besoin. Il ne tarda pas à préférer à l'existence turgescente des gradés de la grosse galette des modes d'être paisibles, tranquilles, lents, obscurs et non fignolés. C'est ainsi par exemple que lui-même à quinze ans au lieu de continuer ses études il entrait chez son père le fabricant de bonneterie comme grouillot. Après son service militaire il devient secrétaire de son papa. Il hériterait un jour... Mais non c'était encore là une abusive ascension. Il se voit plutôt employé de banque, sans plus, avec une maison en banlieue et Suzanne et Michou dedans. Du samedi au lundi il se repose et s'il fait beau on déjeune dans le jardin. En été il arrive parfois même qu'on y dîne. Un tel abîme de bonheur donne le vertige. Ce n'est pas encore ça. Non. Il est cordonnier Jacques L'Aumône. Il a maintenant soixante-dix ans. Il se tient dans son échoppe depuis cinquante ans. Il n'en bouge jamais. Il ne sort jamais de Paris. Le dimanche il travaille jusqu'à midi puis il s'assoit sur un banc et regarde couler le devenir sans faire de réflexions. Il ne s'est pas marié. Il n'a pas de parents ni d'amis. Il se fait lui-même sa cuisine. Il mange peu. Il ne boit pas. Il ne fume pas. Il ne baise pas. Il est cordonnier.

La considération de si grands bonheurs l'étourdissait. Mais âpre dans sa quête il ne tarda pas à déceler les sous-entendus délirants d'orgueil que de telles réalisations feraient sourdre en lui. Il serait vain d'être cordonnier cloporte si l'on n'oublie qu'on a été boxeur chimiste acteur et si l'on se plaît à ces contrastes. Les voies de l'humilité ne sont pas aisées chausse-trapes attrape-nigauds gobe-moucheries ou même la mauvaise foi tout simplement. Lorsque celui qui jouait le principal rôle dans la pièce de Jean Giraunio tomba malade le directeur propose à Jacques de le remplacer. Jacques refuse : il ne se sent pas capable de tenir ce masque trop lourd pour lui. Le soir dans sa chambre moche où il dégustait son riz pour la cinquième fois recuit il ne put prétexter de sa modestie car il se jugea très vite et très impartialement à la hauteur du personnage. Aussi lorsque ensuite un ami de madame Morsom qui se trouvait être quelque chose dans le cinéma lui offrit de faire de la figuration dans un grand film qui se préparait il accepta.

Ce qui lui plaisait le plus dans tout cela : la bonté de Dominique pour lui. Ce repas hebdomadaire représentait certes la plus grande humiliation possible : qu'était-ce d'autre qu'une aumône alimentaire pour un pauvre garçon qui ne doit pas tous les jours manger à sa faim, Dominique devait certainement le prendre ainsi et ainsi se l'imaginait Jacques qui se délectait de subir la pitié d'une femme et de boire le lait amer de la mendicité (aimable). Maintenant que Dominique l'invitait si régulièrement à dîner il n'aurait pu lui parler avec la même simplicité que le premier jour, alors il s'étonnait cependant un peu qu'elle ne s'étonnât pas qu'il ne s'étonnait point.

— A mercredi prochain, lui dit-elle.

Il devait s'en aller : le théâtre.

— Je ne sais pas si je pourrai mercredi prochain.

— Tâchez de pouvoir.

— Pourquoi donc ?

Dominique le regarda surprise.

— Mais je serais heureuse de vous voir.

— Alors, vous ne voulez pas un autre jour, et seuls ?

Dominique le regardait ahurie.

— Je vous téléphonerai, dit Jacques.

Il appuya sur un petit bouton et ne tarda pas ainsi à gagner le rez-de-chaussée. C'était un très bel ascenseur, l'ascenseur de l'immeuble où habitait Morsom.

Jacques attendit trois semaines avant de réapparaître. Ils allèrent se promener au Bois un matin. Le film était terminé, Jacques ne faisait plus de figuration.

— J'ai eu de belles occupations pendant ce temps-là : valet de chambre d'un évêque, galérien, étudiant, émeutier, argousin, ce qui fait que j'ai bien connu Mgr Mirbel, Jean Valjean, Enjolras et Javert. J'ai même doublé celui-ci pour la poursuite dans les égouts : un honneur, vous voyez. Quand je dis « je les ai bien connus » j'entends par là que je les ai vus de près parce que autrement ils se montraient très distants avec nous. Mgr Mirbel surtout, un poseur celui-là. Les femmes sont plus gentilles. Enfin je me suis beaucoup amusé.

— Vous êtes engagé dans un autre film ? demanda Dominique.

— Non, pas encore. Mais on a pris mon nom. Il paraît que je ne m'en suis pas mal tiré. Ce qu'on me demandait de faire n'était d'ailleurs pas bien difficile.

— Ne soyez pas trop modeste.

— La pure et simple vérité. Je sais ce que je vaux. Il est vrai que c'est encore se vanter que de prétendre savoir ce qu'on vaut.

— Vous aimez votre métier ?

— Quel métier ?

— Acteur.

— Mais je ne suis pas acteur ! Je ne suis que figurant. Et figurant ce n'est pas un métier. Et même si c'était un métier ce ne serait pas le mien ! Je n'ai pas l'intention de faire ça toute ma vie.

— Qu'est-ce que vous voulez faire ?

— Rien. Rien offre des avantages. Rien ne suscite aucun motif de vanité. Mais à mon âge il y a des difficultés. Si je mendiais on m'arrêterait. Il faut donc que je trouve une excuse, une apparence. Acteur c'est trop. On ne peut s'empêcher de vouloir paraître. Même simple figurant. Je cherche un petit emploi.

— Ce n'est pas difficile à trouver, dit Dominique.

— Je ne m'en suis pas encore occupé bien sérieusement, avoua Jacques.

— Allons donc ! vous ne faites aucun effort dans ce but.

— Vous me défiez ?

— Oh non. Tout cela ne me paraît pas tellement nécessaire.

— Je vois. Vous ne me prenez pas au sérieux.

— Mais si.

— Mais non. J'ai pourtant fait des choses sérieuses dans ma vie. J'ai abandonné ma femme. C'est très grave ça.

— Vous avez de ses nouvelles ?

— Non. Elle a dû se mettre en ménage avec Butard le secrétaire de la mairie.

— Elle n'a pas cherché à vous retrouver ?

— Si elle l'a tenté elle n'a pas réussi.

— Elle connaît vos parents ?

— Non. Elle sait seulement qu'ils habitent Rueil. Elle a peut-être essayé de trouver leur adresse, de leur écrire. Je ne les ai pas vus depuis longtemps.

Il s'arrêta pour considérer un peu le paysage autour de lui, un début de mois de mars encore assez gelant avec quelques rares oiseaux entre les branches et des promeneurs par ci par là pas beaucoup. Sur l'allée des Acacias, un peu plus loin, des autos filaient. Un petit vent sec courait droit devant lui. Dans la fourrure que portait Dominique des champs de poils se couchaient parfois pour se redresser ensuite, lentement.

Après avoir examiné fixement les jeux de la nature devant lui Jacques se tourna vers Dominique et son petit-gris.

— Je me demande, dit-il, si je suis capable de devenir un rien du tout. Je ne suis absolument pas sûr d'y parvenir.

Dominique se mit à rire (assez bêtement trouva-t-il) et lui prit affectueusement le bras ce qui faillit provoquer en lui un mouvement de répulsion. Mais il se maîtrisa. Ils se remirent à marcher, très près l'un de l'autre.

— Je suis heureuse de vous avoir retrouvé, dit Dominique. Toujours je me suis demandée qu'est-ce qu'il a bien pu devenir Jacques L'Aumône qui racontait des histoires. Je m'imaginais des tas de choses à votre sujet. Le plus souvent j'inclinais à croire que vous étiez roi dans quelque île.

— Que je vous avais délaissée pour un bord plus fertile mais vous voyez comme il est aride.

Il soupira :

— Je voudrais tant devenir un saint.

Et reprit :

— Je fais du jeûne mon régime courant. Je vous en prie : ne m'invitez plus à croûter avec vos bourgeois.

VIII

Il laissa croître entre eux plusieurs mois lesquels amenèrent les jours d'été. La pièce de Jean Giraunio connut sa fin. Les chaleurs parcoururent les rues. Jacques téléphone à Dominique, mais madame est en voyage, monsieur veut-il parler à monsieur Morsom ? Non grand merci. Le riz n'est même plus au gras maintenant et les viandox sont bien tièdes sur les zincs dont les garçons essuient, lassés, la sueur. L'eau des fontaines Wallace lave la crasse du respect humain. Jacques ne respecte rien ni lui-même. Mais il n'ose pas mendier c'est trop voyant. Il s'efforce de se tarir, de se désencombrer, de s'évider. Il dégorge son trop-plein de moi, concombre tartiné du sel de la misère. Il se soutire des pintes de bon sang, et sans rire. Il s'épuise, la gueule ouverte. Il se dépeuple — ah ! où sont maintenant les papes, les explorateurs, les hospodars, les académiciens, les sars, les Mandrin. Jacques déblaie, déblaie, il faut faire fiça car par tant de degrés à l'ombre même le souvenir des morts pourrit vite et ne tarde pas à fleurer la charogne, même si ce ne sont des morts que pour soi, des morts à l'usage personnel sans chair ni parole, des sous-fantômes assommés par les nécessités de la vie et les conséquences des rêves. Jacques abandonne. Il se dépouille.

Il fait oripeaux neufs.

Il vogue vers la sainteté.

Les quelques sous qu'il a il en donne la moitié, au moins, aux pauvres. Il tricote des bas de laine pour des misérables. Il secourt les commissionnaires trop chargés, les chiens collés, les enfants battus, les voleurs poursuivis, les clochards, les pouilleux, les gâteux, les aveugles même. Si on lui marche sur un pied il propose l'autre. Si on l'insulte il ne répond pas. Mieux même il cherche le mépris des suffisants, des gonflés, des ceuss qu'ont la conscience obèse. Il s'applique à se faire estamper par les commerçants (des durs ceux-là). Il aime avoir l'air con. Il se plaît aux gaffes, aux bêtises, aux balourdises. Il se montre niais, il s'efforce de l'être s'il n'a besoin de le devenir. Aux yeux des sergents de ville, des garçons de café, des employés d'octroi, des receveurs d'autobus, des poinçonneurs du métro, des contrôleurs de chemin de fer, des placeuses de cinéma il fait figure d'idiot. Il ne craint pas les charges, les quolibets, les affronts qui le trouvent toujours serein. Mais lui il n'a de dédain pour personne. Il accueille tout le monde avec bienveillance. Il s'empresse d'indiquer le bon chemin aux provinciaux, il donne du feu aux plus hideux des bourgeois, il indique l'heure aux plus pressés des passants, il répond avec politesse aux prostituées, il suit les enterrements, il caresse la barbe des birbes. Il est plat et bénin.

On l'a convoqué de nouveau pour de la figuration. C'est grâce à la protection de Dominique qui a rappelé l'existence de Jacques à la mémoire d'un monsieur qu'elle connaît qui est dans l'industrie cinématographique. Il s'agit cette fois d'être apache, avec la casquette et les rouflaquettes. Jacques retrouve là des camarades qui ont été comme lui sur les barricades avec Enjolras ou au bagne avec Jean Valjean. Il est très bien vu d'eux parce qu'il n'a pas l'air d'avoir d'ambition tandis que eux ils visent la vedette. Jacques lui s'en fout. On lui dit que ce n'est pas comme ça qu'il arrivera mais naturellement on est bien content qu'il ne cherche pas à arriver ça en fait un de moins sur le chemin et de son côté Jacques s'étonne que parmi eux il n'y en ait aucun qui ne consente à demeurer figurant rien que figurant sauf lui naturellement qui ne tient simplement qu'à devenir un saint.

Au bal des Poux du côté de Ménilmuche y a que des durs et drôlement bien grimés les vaches. Jacques s'envoie son bol de résiné à côté de sa marmite qui en jupe courte plissée abandonne la médecine pour le cintième art.

Adieu, qu'elle dit, à la coprologie. Toute sa vie fourrer son nez dans les fèces des nouveau-nés merci bien. Toute ma vie renifler les déjections, les pus, les sanies, ah non j'en ai assez. Qu'est-ce que tu as fait comme études, toi ?

— Rien. Aucune.

— Tu ne m'as pas regardée. Comme si je ne voyais pas que tu étais un intellectuel, un collègue. Avoue que tu as au moins ton bac.

— Non.

— D'où sors-tu alors ?

— J'ai eu des malheurs. Aussi me voilà tombé dans la pègre : je ne me relèverai jamais.

— Ne te fous pas de moi.

Elle se fâche, pour rire.

— Oui j'ai eu des malheurs, continue Jacques. Je suis un fils de bonne famille, mon père possédait même une écurie de course mais voilà... les mauvaises fréquentations... Clairvaux... Foum-Tatahouine. Alors je suis devenu un terrible, toujours prêt à jouer du surin, ah mais. Et toi ma gosse, d'où que tu sors ?

A ce moment surgit la bande à Totor. Jacques, lui, fait partie de la bande à Bébert, ah mais. Alors ça va barder. On commence à s'empoigner mais il paraît que ce n'est pas ça, que ça manque de conviction et qu'on ne gagne pas son cachet si on n'en met pas un bon coup. On recommence.

— Quel métier, dit l'ex-carabine.

— Ah oui, soupire Jacques. Toujours la police à vos trousses. Et moi qui ne rêve que d'une vie tranquille dans ma petite maison au bord d'une rivière sur les berges de laquelle j'irais poser un petit pliant sur quoi je m'assiérais pour pêcher le poisson.

— Toi alors tu me fais rire, lui dit-elle avec un grand sérieux.

La bande à Totor réapparaît. La bigorne marche pas trop mal.

— Et vous là-bas ? Qu'est-ce que vous foutez ? Vous vous les roulez ?

C'est à Jacques que ce discours s'adresse.

Puisqu'i faut, i faut. Jacques s'avance et descend un de ses adversaires d'un direct au menton, abolit un autre d'un uppercut au plexus solaire, un troisième va gémir sur le parquet avec la façade écarlate. Bravo, bravo, hurle la direction. Ah non alors, les types protestent. On est pas ici pour recevoir des vrais marrons, ça n'est plus du jeu.

Jacques s'est assis et regarde, rêveur, tous ces gens discuter.

— Eh bien toi, dit Martine, tu me fais rire.

Elle s'appelle Martine. Ils sortent ensemble. Jacques a fait des excuses à ses collègues, des excuses bien humbles. Par contre, et par ailleurs, il a reçu félicitations et encouragements. Il n'est pas impossible qu'on lui confie un petit rôle, pas un grand un petit, dans un prochain film. Bravo, bravo.

— Eh bien, dit Martine, te voilà dépanné. Tu vas démarrer en flèche maintenant.

— Je m'en fous, dit Jacques.

— On prétend ça mais je n'en crois rien.

— Je vous assure que si.

— On peut se tutoyer, entre artistes.

— Si tu veux. On va prendre un verre ?

— J'espère bien.

Ils descendirent la rue Caulincourt jusqu'aux tombes. Ils s'assirent à une terrasse.

— Ça donne de l'air dans une ville les cimetières, dit Martine, ça permet de respirer.

— Moi ça ne me gêne pas, dit Jacques. La mort ou autre chose ça m'est bien égal.

— Tu en as déjà vu beaucoup, des morts ?

— Moins que toi sûrement, dit Jacques, toi qui as dû disséquer des cadavres.

— Et même des vivants, dit Martine, mais des animaux.

— Et des poux tu en as disséqué ?

— Bien sûr.

— Quelquefois je me représente à moi-même en train d'être disséqué.

— C'est gai.

— En dehors de ça j'ai l'habitude de penser

à ma mort tous les soirs en me couchant. Je m'allonge dans mon lit, je tire les draps sur la figure, c'est le linceul, et puis ensuite ça y est, je suis mort, je me mets à pourrir, à puer, les vers commencent à me ravager, je me putréfie, je me liquéfie, je me résorbe, il ne reste plus que mon squelette, puis mes os s'effritent et ma poussière enfin se disperse. Tous les soirs.

— Tu ne pourrais pas penser à autre chose ?

— Oh si, facilement, mais ça c'est parce que je le veux. Je veux réduire mon orgueil. Si je ne le réduisais pas ainsi je me croirais immortel. Tu n'as pas remarqué comme on se sent immortel quand on n'y pense pas ?

— Peut-être bien.

— Tandis que moi tu comprends j'ai horreur de la vanité. Alors je m'humilie.

— Tu as l'air assez content de toi.

— Hélas ! Comme tu as raison ! On n'en finit pas. On n'en sort jamais.

Il soupira.

— Je voudrais tant ne rien être et ne pouvoir même m'en vanter.

— Est-ce possible ?

— Il paraît que les saints étaient des gens comme ça.

Elle le regarda gravement.

— Toi alors, dit-elle, tu me fais rire.

Elle habitait au Quartier Latin une chambre ornée d'écorchés, de parthénons et de stars.

C'était coquet chez elle. Tandis que Martine se déshabillait Jacques songeait à ces ascètes d'autrefois qui passaient la nuit entre deux femmes nues sans même lever le petit doigt. Il était loin de compte.

Martine estimait qu'ils auraient pu faire ménage ensemble mais ce n'était pas l'avis de Jacques qui n'abandonnait pas ses pratiques sanctificatrices et qui d'autre part venait de s'apercevoir qu'après tout il pourrait bien être amoureux de Dominique bien qu'il ne distinguât point encore très nettement si elle était pour lui de ce point de vue elle-même ou si elle ne représentait pour lui d'un point de vue voisin que cette espèce de but qu'il se proposait d'atteindre depuis sa rupture avec Camille et les débuts de sa carrière histrionique, carrière qu'il ne considérait pas comme telle mais qui n'était pour lui qu'un accident, le hasard, conséquences d'un sort, une écharde du destin, quelque chose qui n'avait rien à voir avec sa destinée essentielle laquelle ne saurait être autre ainsi pensait-il alors que l'équivalent de la préparation culinaire des lapins et des lièvres, écorchement, dépiautement, éjection des viscères, avec comme but dernier l'innocence absolue et gratuite de l'idiot privé de l'impatience coutumière à ceux de son espèce quant à la réalisation des besoins physiologiques élémentaires. Mais pourquoi la sagesse n'aurait-elle point une figure féminine, pourquoi cette figure ne serait-elle point Dominique ? une figure de femme bourgeoise française grande brune, plus grande certes que Camille, plus froide aussi, plus sévère, plus élégante aussi, moins parfumée cependant, moins bruyante, et beaucoup moins putain en bref. Un tel amour pouvait naturellement demeurer entièrement platonique et l'image dominicaine illustrer seulement et illuminer cette voie qui menait Jacques vers un complet dénûment spirituel. Ainsi en fut-il quelque temps. Puis il se trouve que Jacques téléphone à Dominique et de nouveau ils se virent mais non au cours de repas mondains : leurs rendez-vous furent des rendez-vous. Mais Dominique ne semblait pas s'apercevoir qu'il y eût là autre chose que la suite chaleureuse d'une amitié d'enfance.

Le riz cuit pour huit jours, le bol d'eau claire, le lit de sangles, les heures désertes formaient toujours le régime philascétique de Jacques sans qu'il pût constater un progrès quelconque dans ce sens bien que parfois il lui arrivât de se laisser aller à croire que précisément ce marquer-le-pas représentant un manque signifiait un mieux, mais en prenant conscience de ce mieux il estimait qu'il en faisait disparaître toute la valeur, évanouir la signification de même que la mesure précise de l'abscisse d'une particule exclut la connaissance de sa quantité de mouvement dit-on.

Les rendez-vous avec Dominique étaient de nature sylvaine et les promenades au Bois débutaient par une station au Murat et si Jacques parfois devait attendre il pouvait étudier non seulement l'Illustration qui est grave mais aussi des illustrés folâtres qu'on délivrait avec la brioche et le café-crème sans supplément.

Lorsque Dominique arrivait elle lui disait :

— Vous tournez en ce moment ?

ou bien :

— Il va neiger,

ou bien :

— Vous avez vu le dernier film dont on parle ?

Il répond suivant les circonstances que la pluie menace ou qu'il ne travaille pas en ce moment ou qu'il va faire beau ou qu'il n'a pas été au cinéma depuis huit jours.

Le Bois comprend déjà pas mal d'écuyers, de chauffeurs, de satyres et d'esprits champêtres un peu de tous les sexes. Jacques et Dominique vont du côté de la Butte Mortemart. Ils se parlent peu.

Ils savent que c'est pour aujourd'hui.

— Dominique ?

— Eh bien, dit-elle sans le regarder.

— Je crois que ça y est.

— Quoi donc ?

— Je vous aime.

Elle s'arrête elle ne se décide pas à le regarder elle cherche quelque chose de bien à lui dire elle lui dit vous êtes fou ce qui n'est pas mal elle aurait pu trouver mieux mais elle n'a donc elle répète vous êtes fou l'air accablé. Jacques semble assumer d'un air léger le poids de sa folie il n'accompagne sa déclaration d'aucun geste ce n'est pas l'envie qui lui manque mais ceux qu'il voudrait faire sont tellement précis et directs qu'il doit s'abstenir à cause du public il ferait bien l'amour avec Dominique là sur le banc alors comme il y a des empêchements il préfère rien du tout pas même une pression de main. Il se tient à distance.

Ensuite cela tourne à la dialectique puis à la rhétorique puis à la sophistique puis à la casuistique. Tantôt il s'agit de savoir si Jacques aime réellement Dominique s'il ne se fait pas des idées. Tantôt il s'agit de savoir si Dominique pourrait aimer Jacques car elle est épouse. Tantôt il s'agit de savoir si Dominique n'aime pas Jacques sans le savoir. Tantôt il s'agit de savoir si l'amour de Jacques ne compterait pas pour deux : par conséquent contagieux. Et ainsi de suite. Ils ne discutèrent pas ces questions cette fois-là seulement mais aussi lors de leurs autres rendez-vous. Ils parlaient tous les deux beaucoup : Jacques plaidait, Dominique se défendait. La seule différence c'est que Jacques maintenant esquissait des gestes très modérés naturellement car Dominique était chatouilleuse quant à ce qui touchait à son honneur.

Dominique admettait aisément une chose : qu'elle représentât un idéal. Ça lui plaisait beaucoup sinon d'être divinisée du moins qu'un amour dont elle était la cause occasionnelle (non moins qu'efficiente et que finale et que matérielle hélas!) fût exalté vers l'empire des idées pures. Elle platonisait à bloc. Jacques ne plotinisait pas moins mais comme il jugeait insensées c'est-à-dire dépourvues de sagesse les idées courantes sur la morale il ne voyait pas pour quelles raisons Dominique se refusait à coucher avec lui puisqu'il ne pouvait passer pour repoussant et leur accouplement lui semblait infiniment désirable sur le plan terrestre comme image réalisée de communions spirituelles. Naturellement Jacques ne se servait qu'avec précaution de mots aussi grossiers que terrestres et spirituels même s'ils ne sont qu'adjectifs n'ignorant point que son ascèse ne tendait rien moins qu'à enlever et simultanément toute valeur à ces notions. Par contre il ne voyait rien d'approximatif dans le terme accouplement. Désirant en approfondir le sens il se tourna vers l'érotologie et tandis qu'il revisait avec Martine ses connaissances acquises il complétait ce travail pratique par des lectures appropriées et l'étude notamment des ouvrages consacrés à cette science par différents techniciens tant de l'Antiquité que modernes. Comme il n'obtenait pas que Dominique lui accordât plus d'un ou deux rendez-vous par semaine il faisait précéder ces rencontres d'au moins un jour de jeûne afin de multiplier ses victoires en cas de décision finale. Malheureusement Dominique s'entêtait et s'obstinait et demeurait vachement honnête et prude quoiqu'elle aît fini par concéder un peu de pelotage laissant Jacques passer de temps à autre et modérément une main admirative et pleine de tact sur un sein ou une cuisse par-dessus le corsage ou la jupe bien entendu.

Venait de plus le printemps. De par la rage de sa passion Jacques eût eu acquis des boutons sur la face s'il n'eût eu Martine pour s'exercer tout en pensant à Dominique. Par ailleurs cet insuccès majeur redonnait à son caractère son zest ancien et il abandonnait peu à peu le bol de riz cuit pour huit jours et la tasse d'eau javelisée pour des mets plus charnus et des boissons plus radieuses. Cela tenait aussi à ce que l'on appréciait de plus en plus ses talents dramatiques, il figurait souvent et gagnait quelques sous. D'autre part on commençait à faire parler les écrans et comme Jacques s'avérait phonogénique on lui donnait des tas d'espoirs.

— Il paraît que l'on vous confie un rôle dans le prochain film de Brunelleschi, dit Dominique.

— Comment le savez-vous ? Ah oui par votre ami qui est un type important dans l'industrie cinématographique. Remerciez-le de m'avoir aidé dans mes débuts. C'est à vous que je dois ça, Dominique.

— Quand commencez-vous à tourner ?

— Cet après-midi. Je n'ai qu'un tout petit rôle vous savez. Je suis champion du monde de boxe et le jeune premier qui n'est autre que Valmègue me met nokaoute au troisième round et devient à son tour champion du monde. C'est parlant. C'est même le premier parlant de Brunelleschi : un événement.

— Vous allez être lancé après ça. Comme je suis heureuse pour vous, dit Dominique.

— Je m'en fous, dit Jacques. Je m'en fous de tout ça. Dominique, je vous aime, je vous aime.

Il délirait comme un chien et n'eussent été des citoyens qui passaient à quelque distance il l'eût achevée, impitoyablement.

Elle n'était pas du tout décidée pas du tout.

Il l'avait prise par les bras et la tenait devant lui comme fait un père d'un enfant qu'il fait comparaître à son tribunal.

— Mais lâchez-moi, dit-elle. Vous êtes fou.

Elle se dégagea. Elle avait l'air profondément dégoûtée. Cette attitude violente parut soudainement décourager Jacques qui cependant entreprit un discours qui voulait être à la fois apologétique et pithiatique mais Dominique l'interrompit pour expliquer posément qu'elle n'acceptait d'hommages que platoniques et qu'il ne pouvait être question entre eux des viles et stercoraires réalisations de l'amour charnel. Ils en discoururent encore quelque temps et leur promenade s'acheva.

Mais Jacques en garde mauvaise humeur. On commence le film par la scène où Valmègue parvient au championnat du monde pourquoi par celle-là Jacques ne se le demandait même pas. On le présente au vedet, qui encourage. Valmègue évidemment avait fait un peu de boxe mais il n'avait rien d'un champion même imaginaire. Jacques lui donna des conseils et fit quelques démonstrations. A l'heure du déjeuner il rejoignit Martine dans un petit restaurant voisin. Martine trouva que Jacques faisait la gueule qu'est-ce qu'il y avait ? est-ce qu'elle y était pour quelque chose ? elle ne voyait pas. Jacques se montra manifestement désagréable.

Après midi on travailla de nouveau la scène du championnat. Mais Jacques petit à petit trouvait que le Valmègue avait le ton bien prétentiard et une gueule qui ne lui revenait pas et qu'il était tout à fait injuste et dégoûtant que ce foutriquet vienne lui arracher aussi gratuitement son titre de champion du monde. Aussi sans prévenir personne il était bien décidé à le défendre son titre et au second round au lieu d'accepter le crochet du gauche au menton prévu par le scénario il étendit raide évanoui son adversaire. Cet acte provoqua des clameurs de la part du personnel technique. Brunelleschi demanda des explications qui dépassèrent son attente car il croyait à une maladresse et non au refus délibéré de la part de Jacques de se faire confisquer sa palme pugilistique et mondiale.

— Vous êtes idiot, disait-on. C'est un gag pour un film comique ça. C'est pas sérieux ça. Vous ne seriez pas un peu sonné ?

On n'en revenait pas.

Et Jacques se retrouva dans la rue.

— Voilà ma carrière brisée, dit-il en souriant à Martine pour conclure le récit de cet exploit.

— Toi alors tu me fais rire, dit Martine gravement.

Pour célébrer l'événement quoique en soi il fût déjà mémorable on alla boire des pernods puis dîner dans un restaurant plutôt meilleur que de coutume en devisant de la sorte :

— Tu y crois toi au parlant ?

Ou bien :

— Après tout le cinéma...

Ou bien encore :

— Et ta Dominique qu'est-ce qu'elle devient ?

Jacques haussa les épaules.

Le garçon était chauve. Il faisait chaud, les femmes parvenaient à sentir plus fort que les frites. La clientèle semblait de joyeuse humeur. Un éculé chevelu vint jouer du violon en souriant de façon servile.

— Il me fait suer ce con-là, dit Jacques.

Il haussa les épaules.

Le racleur de jambon vint fourrer sa sébile sous le nez des gens en prenant des airs de fumier rossé mais arrogant.

— Quel dégueulasse, dit Jacques en lui allongeant dix ronds.

Il soupira.

— Dominique, dit-il, ah oui. Dominique. Quelle vie.

— Elle est vache avec toi la copine d'enfance ?

— La bagatelle ne l'intéresse pas qu'elle dit.

— Elle me fait rire encore celle-là.

— Pas moi. Je l'ai sec.

— Ça te passera.

— Pas sûr.

— Mais si.

— Tu crois.

— Oui.

Il réfléchit. Puis il haussa les épaules pour la troisième fois et paya l'addition.

Après le restaurant, ils marchèrent un peu. Jacques avait tout à fait l'air de réfléchir et Martine lui foutait la paix.

— Si on allait au Havre, dit Jacques brusquement.

— Je te vois venir, dit Martine. Non. Merci pour moi.

Ils se trouvaient maintenant dans une longue rue, de celles où l'on met les concierges à rafraîchir dehors avec des gosses qui jouent dans tous les sens. Ils croisaient des couples, les uns tout nouvellement formés, les autres un peu moins frais avec déjà des bourgeons.

Martine prit le bras de Jacques et se serra contre lui.

— Décidément, dit Jacques, je vais au Havre. Pas toi ?

Il y avait justement un train.

— Écris-moi ton adresse, au dos d'une carte postale, dit Martine. Je t'enverrai ta valise avec tes fringues et des frusques.

— Merci. Tu es une bonne fille.

— C'est ça traite-moi d'andouille en public.

Il n'y avait pas des tas de voyageurs. On pouvait trouver facilement un coin.

— Je suis content de t'avoir connue, dit Jacques. Mais t'inquiète pas à mon sujet. D'ailleurs je ne regrette rien.

— Moi je te regrette un peu, dit Martine.

Ils s'embrassèrent et comme il se produisait des coups de sifflet elle descendit sur le quai. Le rapide démarra, en douceur. Jacques fit des signes de la main auxquels Martine répondit, puis il n'y eut plus que des postes d'aiguillage et des appareils ferroviaires. Jacques alla s'asseoir.

En face de lui s'étaient incrustés un jeune monsieur et une jeune dame du type tous deux le plus bourgeois. Ils faisaient de la lecture, pour passer le temps, et manipulaient des (publications) périodiques. Jacques ne s'employait à rien.

Aux environs de Sotteville, le citoyen leva le nez et dit :

— Décidément, on a bien raison de dire qu'il n'y a que les montagnes qui ne se rencontrent pas.

Jacques le regardait d'un air pas du tout sirupeux. L'autre tendit la main.

— Lucas ! tu me reconnais bien ? Lucas, de Rueil. Et toi tu es Jacques L'Aumône.

— Eh bien bonjour, dit Jacques en lui serrant la pince.

Lucas présenta sa femme.

— On a passé nos deux bacs ensemble, expliquait-il. On allait à Pasteur à Neuilly, un chouette lycée je ne vous dis que ça. Tu te rappelles du 58, l'ancien chemin de fer de Saint-Germain. En a-t-on fait des farces ! Tu te rappelles du contrôleur à grosse moustache ? On a failli le rendre fou. Tu te rappelles quand on lui a mis du poil à gratter dans le dos et qu'on a soufflé de la poudre à éternuer dans le nez des voyageurs qui n'ont pas arrêté jusqu'à l'Étoile, mais nous on était descendu avant, comme d'habitude. Ah mince alors, ça fait plaisir de revoir un copain des vieux jours. Qu'est-ce que tu es devenu depuis tout ce temps-là ? Moi je suis dans les autos. J'aime la voiture. J'en achète, j'en vends, j'en fais acheter, j'en fais vendre. La belle bagnole, c'est ma vie. Et toi qu'est-ce que tu es devenu ?

— Je suis ingénieur chimiste.

— Je l'aurais parié, dit Lucas. Une grosse boîte ?

— Je dirige un laboratoire de recherches. Je m'occupe de questions vétérinaires et parasitaires. Des poux par exemple.

— Fi ! Pouah ! Beuh ! dit madame Lucas.

— C'est un animal passionnant, dit Jacques. D'ailleurs le proverbe dit : « l'éléphant se laisse caresser, le pou non. »

— Toujours farce, dit Lucas.

— Mais le plus bath c'est le phthyrius pubis.

— Qu'est-ce que c'est ? demanda madame Lucas.

— Le morpion, dit Jacques.

— Aoh, dit madame Lucas.

— Comment appelles-tu ça ?

— Le phthyrius pubis.

— Marrant, marrant. Faudra que je raconte ça aux copains.

— C'est une idée.

— Et tes parents ils vont bien ?

— Ils vont bien, merci. Mon père s'occupe toujours de sa bonneterie. Mman a des rhumatismes mais pas trop.

— Tu te souviens quand on organisait des parties de poker chez toi. Ils nous avaient vidés.

— C'est moral les parents.

— Et le poète ? Tu te rappelles le poète ?

— Des Cigales ? Je pense bien.

— Il vit encore celui-là ?

— Je crois que oui.

— Il nous épatait avec sa cape et ses guêtres.

— L'autre jour aux cabinets, dit Jacques, j'ai trouvé un bout de gazette. On avait l'air de dire du bien de lui.

— Peuh ! la poésie c'est de la couillonnade. Tu te souviens aussi de ses amours ? Ce que ça pouvait nous faire rire. Tu te rappelles ? Sa femme l'avait plaqué pour une femme !

— On avait mis longtemps à comprendre ça. Elle était coiffeuse. Des Cigales descendait à Suresnes faire le pied de grue devant sa boutique, caché derrière un arbre. Et s'il l'apercevait, son épouse infidèle, il se retirait discrètement, sur la pointe des pieds. Tu te souviens, L'Aumône ? Plus d'une fois qu'on l'a suivi.

— Oui, dit Jacques.

— Et son copain l'herboriste ? Offroir qu'il s'appelait, non ?

— Offroir, oui, dit Jacques.

— Le président de la Société Linnéenne de la Banlieue Occidentale comme il s'intitulait. Il s'intéressait aux insectes un entomologue pas vrai ? Un jour on lui apporte dans une boîte un pou qu'on avait peint en bleu à l'aquarelle, ce qu'il pouvait être content Offroir il n'en avait jamais vu de pareils, une nouvelle espèce qu'il s'est écrié, et il nous a donné cinquante centimes, à chacun. On les a fumés en cigarettes, les vingt ronds.

Madame Lucas se leva pour se rendre aux vatères en titubant à cause de la rapidité du rapide. L'Aumône et Lucas restèrent seuls. Lucas dit à voix basse :

— Dis donc, et les filles Magnin tu te rappelles ?

— Les filles Magnin ? demanda Jacques.

— Mais oui. Tu sais bien : Camille et Dominique.

— Camille ? Dominique ? Ah oui.

— Aussi. Ça m'étonnait que tu ne t'en souviennes plus.

— Camille. Dominique. Mais si. Mais si.

— Tu ne sais pas ce qu'elles sont devenues ? « Non ». Eh bien, figure-toi.

Il baisse encore la voix.

— Il y a deux ou trois mois, je suis entré en relations avec un type qui possède plusieurs garages, quelqu'un, un nommé Morsom. Il m'invite à dîner. On se retrouve au bar de l'U. T. A. H., tu connais ?

— Non.

— Il me présente sa femme et devine qui était madame Morsom ?

— Je n'en ai pas la moindre idée.

— On vient juste d'en parler.

— Camille ?

— Mais non ! Dominique !

— Pas possible. Dominique ?

— Dominique. Parfaitement.

— Alors ?

— Elle est devenue belle femme, tu sais, bien roulée, bien parfumée, et tout. Des nichons, c'est rien que de le dire, qui pointent, et des jambes, je les reluquais mine de rien, avec sa jupe un peu courte je voyais pas mal haut, enfin du linge.

— Eh bien, dit Jacques.

— Ça c'est la première fois que je l'ai vue, continua Lucas, à voix plus basse encore. Tu comprends que je n'en suis pas resté là.

— Ah oui ?

— Oui. J'ai tout de suite vu que c'était une femme qui couchait.

— Et alors ?

— Et alors en effet : elle couchait.

III

IX

Du haut de la colline, ils aperçurent San Culebra del Porco allongé le long de la mer avec deux petits navires dans le port et la foule qui circulait le long des quais on la voyait d'ici. On fit une pause avant la descente. Les guides s'assirent et se turent sous leurs grands chapeaux. Jacques et Rubiadzan descendirent de cheval et fumèrent une cigarette.

Ils parlèrent un peu de ce qu'ils se proposaient de faire à San Culebra del Porco.

Ils jetèrent au loin les mégots et repartirent suivis de leur matériel convoyé sans conviction. Les chevaux glissaient, parfois à cause de la grande obliquité du chemin. Le soleil s'élevait tout gonflé, tout brûlant. Il y eut de plus en plus de poussière.

On atteignit la ville par les faubourgs comme ça se fait en général. Des enfants piaillèrent et des cailloux lancés frôlaient le nez des voyageurs. On dépassa le terminus d'un tramway où s'installaient avec virulence des nègres, des Chinois, des Indiens. Le wattman est accroupi par terre et mâche quelque chose.

Jacques et Rubiadzan devaient loger chez le consul, monsieur Stahl, monsieur Oliveiro Stahl, un consul qui représentait toutes les nations européennes, asiatiques, africaines et océaniennes et la plupart des américaines, un consul qui habitait une maison pourvue d'un étage et d'un balcon, une maison où il faisait aussi chaud que partout ailleurs malgré les ventilateurs.

La caravane, de six chevaux vrais, stoppa devant ce logis. Jacques et Rubiadzan entrèrent. Ils avaient de belles barbes tous deux à cause de ces six mois passés chez les Borgeiros à tourner leur documentaire pour la J. K. L. M., société productrice de films. La servante mulâtresse admira les barbes surprise un peu tout de même cependant et leur expliqua par mimique adéquate que le patron ayant trop bu la nuit précédente dormait encore. Elle les fit entrer dans une pièce où un scribe à lunettes suait au-dessus d'un faux col dur et de paperasses à tamponner de cachets officiels. Il ne daigna leur parler.

Les guides s'étaient mis à l'ombre. Jacques ressortit pour leur faire décharger le matériel. Ils obéirent avec lenteur mais respect. Ils se rassirent. Jacques revint dans le bureau. Rubiadzan avait enlevé ses bottes et se livrait à des recherches entre ses doigts de pied pour y découvrir si des insectes n'y avaient point pondu d'œufs. Jacques lui offrit un coup de main que l'autre refusa; alors un coup de rhum? Il l'accepta. Jacques but aussi longue et large lampée. Il remit le flask dans sa poche-revolver.

— Ce qu'on se fait chier ici, dit Rubiadzan en langue anglaise.

Il remit ses bottes.

— Et puis ce n'est pas une façon de nous recevoir, ajouta-t-il dans le même idiome.

Jacques haussa les épaules. Il s'assit et bourre une pipe. Rubiadzan siffle un air hot. Le bureaucrate le regarde avec dégoût. Puis se repenche sur ses documents consulaires.

— Faut avoir tué père et mère pour vivre dans un bled pareil, dit Rubiadzan qui utilise pour s'exprimer les anglicismes voulus.

Il désigna discrètement l'employé :

— Vous croyez qu'il entrave l'engliche?

Jacques haussa les épaules. L'autre tamponna une pièce notariée avec un bloc de papier buvard.

— Lo comprendo mejor que lo hablo, said the zombi in english.

Rubiadzan sortit un paquet de cigarettes et lui en tendit une.

— Gracias señor, el bárbaro respondió.

Lequel frotte une allumette contre ses dents, lèvres retroussées. Elle s'enflamme et il met le feu ensuite à sa camel.

— Pas mal, dit Rubiadzan. J'en prends note.

— Vous buvez ?

Jacques lui tend sa gourde de rhum. On la lui rendit à moitié vidée.

— Eh bien, dit Rubiadzan.

— Je suis el señor Estábamos, said the zombi. Vous n'avez pas encore vu monsieur Stahl ? « Non ». Non ? En verdad, vous allez voir un fameux carejo (con).

La porte s'ouvrant entra Stahl.

— Messieurs, dit-il en s'inclinant très bas.

Il s'avança tendant la main vers les explorateurs cinématographiques.

— Jacques L'Aumône.

Mais son compagnon ne put se présenter. Il tombe par terre, la bouche ouverte, bavant. Il lance des coups de pied, se tord, râle. Que d'écume ! On croirait qu'il a bouffé du savon, du bon savon phocéen.

Les trois autres le regardent.

— Le paludisme ne lui vaut rien, dit Jacques.

— C'est ce qu'on appelle le haut mal ? preguntó Estábamos.

— Exactement.

Jacques dut s'occuper de son compagnon, le soigner; de son matériel, le ranger; de son hôte, lui causer; de soi-même, lui faire faire la sieste.

Au crépuscule Rubiadzan complètement à plat ne se sentit pas d'humeur à sortir. Stahl emmena Jacques dîner dans un bon restaurant de l'endroit, Au Roy de France, fondé en 1692 par le bâtard d'un gentilhomme de fortune dont les descendants, mitigés de diverses façons, formaient race de cuisinier. Les gens bien de San Culebra del Porco appréciaient particulièrement cette hostellerie parce que les commodités, munies d'une seule demi-porte inférieure et placées dans la salle, permettaient à leurs usagers de continuer la conversation commencée à la table, ce qui dans les dîners d'affaires présente des avantages certains, et il se traitait des affaires à San Culebra del Porco.

Jacques et le consul s'assirent à une petite table et le garçon reçut leur commande de plats du cru : aloès sauce gibelotte, canaris en timbales Guyane, nids d'hirondelle, molle oseille, pâtisseries et gingembre, moka servi en tasses d'ambre. Vins : tokay, bourgogne de Californie, marc du Nicaragua, pipi du Sénégal. Après ce gueuleton au cours duquel il ne fut parlé que d'insignifiantes chimères, les deux hommes gagnèrent le Saint James Infirmary Bar. La clientèle y était variée, mais galetteuse; on y voyait des Chinois, des desperadoes, des commis-voyageurs; on y buvait du visqui, principalement. Il y avait aussi des femmes, là. Un pianiste jouait, style chicago, accompagné d'un trompette qui ne manquait pas de classe quoique un peu trop armstrongien pour être vraiment personnel.

Les ventilateurs marchaient à plein rendement. Le consul et Jacques s'assirent sur une banquette de rotin réfrigérée; un garçon en veste de chantoung blanc s'approcha d'eux et prit note de la commande. On leur apporta subséquemment des gin-fizz. Sur la piste, cinq à six couples dansaient. Il y avait là quelques femmes assez belles.

Stahl, ayant bu, se mit à s'intéresser à la personnalité de son hôte. Jusqu'alors il ne racontait à celui-ci que des choses le concernant, lui, le consul de tous pays à San Culebra del Porco. Il lui narrait les phases de sa vérole, de son paludisme, de ses coliques hépatiques, de son cafard, de son alcoolisme, de son esseulement, de sa fièvre jaune, de ses blennorragies, de sa désespérance, maintenant il questionnait. Il demandait quels seraient les résultats de cette expédition. Un film. Sans doute. Un docu sur les Borgeiros, Indiens tout spécialement sauvages. Et ça s'était bien passé le voyage. Ma foi les ennuis habituels. Sans parler des crocodiles, des tigres et des jaguars, il y avait eu les moustiques, la fièvre jaune, le vomito negro, les flèches au curare, sans parler de l'absence de femmes créant un climat favorable à la disparition des maladies vénériennes, certes, mais enfin, tout de même, sans parler de l'absence de femmes. Stahl comprenait ça. On va en inviter deux. Il appela le garçon en veste de chantoung blanc, lui notifia son désir express de voir s'amener deux autres drinks et le pria de prier deux agréables personnes seules à venir à leur table. Les filles s'avancèrent deux grandes filles, drôlement bien balancées avec simplement leur peau et une robe dessus. Elles s'assirent et il fallut apporter d'autres boissons. Comme l'orchestre se remettait au travail, elles dirent qu'on pourrait peut-être danser, mais ça ne disait rien aux deux hommes, les autres se mirent à fumer et bavardèrent entre elles.

Stahl reprit la conversation interrompue. On ne pouvait donc (donc) vivre dans un pays perdu comme celui-ci et pourtant il y vivait bien. Pourquoi cela ? Comment cela ? Il était là parce qu'il le voulait bien. Vouloir, un mot. Il était là parce que. Bref, une histoire triste à la source. Une histoire de femme. On ne peut pas vivre dans un pays perdu comme celui-ci, dit Stahl, et pourtant il y vit bien. On se demande pourquoi. On voit tous ces types, ces Européens qui vivent à San Culebra del Porco et on se demande comment ils peuvent vivre à San Culebra del Porco avec les fièvres, les moustiques, le soleil tatoué, l'épouvantable emmerdement de cette vie tropicale, moite et succédanée. Lui Stahl il était là parce qu'il voulait bien, enfin, vouloir, c'est un mot, et parce que, c'est un autre mot. On ne peut pas vivre dans un pays comme ça sans une raison tout de même, et la raison pour lui c'est une femme. Et vous ? Ne répondez pas. C'est toujours comme ça. C'est toujours la même cause, toujours la même raison. Une histoire triste. Une histoire de femme. Une histoire triste de femme. Ah les femmes, monsieur.

Venir à San Culebra del Porco pour s'entendre dire ça.

— Vous aussi n'est-ce pas, allons avouez-le.

— C'est exact. Moi aussi.

— Une femme qui vous a trompé ?

— Non. Que j'aimais et qui ne m'aimait pas.

— Ah là là c'est bien ce que je disais. Quelle vie. Toujours la même histoire. Toujours le même tabac. Ça ne vous fatigue pas à la fin de souffrir tout le temps à cause des femmes ?

— Eh oui, soupira Jacques.

— Et tout ça d'une banalité.

— Et les femmes, demanda Jacques, les femmes qui sont ici, est-ce à cause d'un homme qu'elles sont ici ?

— Je m'en fous, dit Stahl.

— On danse ? demanda l'une d'elles.

— Moi pas, dit Stahl.

Jacques se leva. La fille qu'il avait choisie lui sourit et ils fuitèrent en glissant sur la piste vernie.

— J'ai entendu votre conversation avec Stahl, dit la poule. Quel vieux con.

— Pourquoi donc ?

— C'est bien beau l'amour même quand ça fait souffrir.

— Vous pensez ça vraiment ?

— Non, pas du tout. Je disais ça simplement pour dire que Stahl est un vieux con.

— Je vois.

— Non mais dites-moi sans blague après tout qu'est-ce qu'il y a de plus intéressant que les histoires de femmes pour les hommes et que les histoires d'hommes pour les femmes.

— Je ne sais pas.

— Qu'est-ce que vous foutez ici ?

— Je viens de passer six mois dans la forêt vierge à filmer des Borgeiros, indiens particulièrement sauvages comme vous ne l'ignorez pas.

— Faut avoir tué père et mère pour faire des trucs comme ça.

— Exactement. Faut en avoir gros sur la patate.

— A cause d'une femme.

— Exactement. C'est ce que l'autre trouve banal. Je n'y peux rien.

— Tu l'aimais ?

— Paraît.

— Vache avec toi ? Coquette ? Conne ?

— Peux pas dire.

— Elle t'a trompé ? T'a méprisé ? T'a délaissé ?

— Sais plus.

— Pauv vieux.

De l'ongle de l'index, elle lui chatouille le creux de la main. La musique cessa. Ils regagnèrent leur table.

— Alors, demanda Stahl. Ça gaze ?

— Merci, dit Jacques.

Stahl et sa compagne reprirent une discussion sévère à propos de drogue. Les deux autres continuèrent leurs gentillesses.

— C'était le grand amour alors.

— Il semble, dit Jacques. Mais de ma part seulement.

— Je vois.

— Une amie d'enfance.

— En plus ?

— En plus.

Elle soupira.

— Qu'est-ce que tu veux y faire. Tu auras beau aller jusqu'à San Culebra del Porco, tu n'y pourras rien.

— C'est bien ce que je constate.

Le drummer saupoudra sa caisse et il se fit du silence. Le manager annonce une attraction. La musique reprend et une douzaine de girls de peau foncée et d'allure belle vinrent inscrire dans le cercle de la piste le dodécagone de leurs fesses musclées. Elles étaient vêtues de suroîts de pêcheurs bretons ce qui en ce lieu, en ce local faisait turellement prodigieusement exotique. Tandis que leurs frémissements se calmaient apparut une treizième ballerine porteuse d'un lourd cageot qu'elle déposa sur une table ad hoc. Un vieux monsieur la suivait : gilet rouge, monocle à l'œil et canne sous le bras.

Jacques regardait tout cela d'un œil creux.

— Tu penses toujours à elle ? lui chuchote et demande sa confidente.

— A elle ? Oui.

— Comment qu'elle s'appelait ?

— Dominique.

— Joli comme nom.

— Et toi, tu t'appelles ?

— Lulu Doumer.

La musique signifia d'avoir à la boucler. Le vieux monsieur ouvrit la caisse d'osier d'où il vide un homard de bonne taille, lequel tapote péniblement le vernis de son sol de ses multiples pattes maladroites. Une nouvelle roucoulade de l'orchestre indiqua l'arrivée d'un fait nouveau en l'occurrence un Indien Borgeiro habillé en marin on ne sait pourquoi et d'aspect considérablement barbare, à part ça. Après quelques bonds de droite et de gauche très chiqués le Borgeiro se précipita sur la bête et l'ayant habilement saisie lui sectionna le bout de la queue qu'il se mit à broyer grâce à une dentition particulièrement d'attaque. Une nouvelle prise lui permet de bouffer une pince. La victime continue à tapoter péniblement le vernis de son sol de ses multiples pattes maladroites.

— Il va le manger tout cru, dit Lulu Doumer.

— Tu as déjà vu cette attraction ?

— Non, c'est la première fois.

— Curieux, n'est-ce pas, dit Stahl.

L'orchestre joue du classique. Le Borgeiro en met un coup, il ne reste bientôt plus que la tête du crustacé à déglutir. Quelque peu handicapée, la tête gît sur la table en agitant des bouts d'antennes déjà grignotées.

— C'est un peu long, dit Lulu Doumer, on s'en lasse.

— Le plus dur est fait, dit Stahl.

Effectivement au bout de dix minutes le Borgeiro a boulotté le reste, carapace et tout. La salle applaudit.

— Après tout on mange bien les huîtres vivantes, dit Stahl.

— Quand même, dit Lulu Doumer, faut venir ici pour voir ça. Quelle chaleur.

— Évidemment, dit Jacques, avec une température pareille il suffirait que le homard soit un tant soit peu faisandé pour que le type crève en dégueulant.

Après l'exit des girls l'orchestre reprend et Jacques repart sur la piste avec Lulu Doumer.

— Alors on est d'accord ? demande Jacques.

— Oui. D'ailleurs tu me plais.

Ils circulent un peu.

— Tu es de Paris ? demande Lulu Doumer.

— A peu près. De la banlieue. Ce que ça paraît loin la banlieue de Paris vue d'ici.

— Quelle banlieue ?

— Ouest. Rueil.

— Sans blague ? Je connais Rueil. La Malmaison. Le bois de Saint-Cucufa.

— Marrant. Tu connais Rueil.

— Marrant.

Ils circulent un peu.

— On aurait pu se rencontrer à Rueil, dit Lulu Doumer. En quelle année tu y étais ?

Jacques calcule.

— On aurait pu se rencontrer, dit Lulu Doumer.

Ils circulent un peu.

— Tiens, dit Lulu Doumer, à Rueil tu as peut-être connu des Cigales ? Le poète.

— Naturellement. Je pense bien. Des Cigales. Mais comment donc. Le poète.

— Un type hein.

— Surtout à Rueil. Fallait pas grand'chose pour les épater les gens de Rueil.

— Il paraît que c'est un grand poète.

— Méconnu. Mais ce sont des choses qui changent.

— Un grand malade par-dessus l'marché. Tu l'as déjà vu piquer une crise ? Un spectacle.

— Oui. Mais je l'ai presque guéri. Quand j'étais ingénieur vétérinaire.

— Tant mieux pour l'animal.

— Et mes parents tu ne les as pas connus mes parents ? L'Aumône. La manufacture de bonneterie. « Non. » Tu es née à Rueil ? « Non. » Qu'est-ce que tu y faisais à Rueil ?

— Boniche. Depuis je me suis lancée. Comme tu vois.

— Quand même : San Culebra del Porco c'est pas le rêve pour une gentille fille comme toi.

— J'étais partie du pied droit mais je me suis un peu gourée de route en chemin.

— Faut rétablir ça.

— Difficile.

— Qu'est-ce que tu dirais alors si tu étais à ma place.

— Mais tu n'as pas l'air d'avoir rétabli ça non plus.

— Non bien sûr.

L'orchestre a fini. A la table de Stahl il y a foule maintenant : l'homme au gilet rouge et son Indien Borgeiro et d'autre part Rubiadzan remis de sa crise et gorgé de visqui. On jacte ferme. Jacques et Lulu Doumer s'assoient.

— Et vous vous en avez eu des poux ? leur demande-t-on.

Turellement, qu'ils répondent.

— J'en ai même élevé, dit Jacques. Je voulais en obtenir des très grands, des très gros et des très forts. Avant de faire du cinéma je me suis occupé de zootechnie.

— C'est intéressant ça, dit l'homme au gilet rouge en se penchant vers Jacques.

— Très curieux, ajoute l'Indien Borgeiro qui parle français aussi bien que le père et la mère Berlitz eux-mêmes.

Jacques examine la physionomie de ces deux zèbres.

— Alors ces poux géants ?

C'est l'homme au gilet rouge qui insiste.

— Je n'ai pas eu le temps, dit Jacques.

L'Indien Borgeiro prend un air aussi déçu que son maître.

— J'ai tout lâché pour suivre une troupe de comédiens ambulants, dit Jacques.

— A cause d'une femme, dit Stahl.

— Turellement.

— Pas la même que tout à l'heure ? demande Lulu Doumer.

— Non. Sa sœur.

— Encore une amie d'enfance !

— Exact.

Rubiadzan regarde Lulu Doumer il la trouve très très bien.

— C'est comme moi, dit l'homme au gilet rouge. J'étais vicaire depuis dix ans à Saint-Bren-les-Colombins lorsque passa un cirque. Je suis tombé amoureux de l'écuyère. Le soir de la représentation je me mis en civil et pris une place au premier rang pour contempler cette femme. Naturellement tout le monde me reconnut.

— Fallait être culotté, dit l'Indien Borgeiro.

L'Indien Borgeiro a entendu cent fois cette histoire depuis le temps où il était garçon de café au Petit Cardinal mais cette réflexion fait partie en quelque sorte de leur numéro alors il la sert aussi bien à San Culebra del Porco qu'à Macao, Saumur ou Algésiras.

Jacques lui bronche pas. Il a pas envie de cette reconnaissance-là. Il se penche vers Rubiadzan et lui coule dans l'oreille :

— Si tu continues à regarder cette fille comme ça je te casse la gueule.

L'homme au gilet rouge continuait :

— Je rejoignis le cirque quinze jours plus tard et m'y fis engager comme cloune. J'avais un beau talent de cloune, sans le savoir. Quant à l'écuyère, quelle belle garce. Je ne regrette pas ce que j'ai fait.

Jacques se penche de nouveau vers Rubiadzan.

— Dis donc tordu, lui prononce-t-il en anglais, if you take one more peak at my doll I break your neck.

Mais Rubiadzan qui s'est rétamé le moral à coups de visqui ne prend pas cette menace en considération. Il continue à reluquer Lulu Doumer.

— Comment ça vous est venu ce talent, demandait Stahl à l'Indien Borgeiro.

Alors Rubiadzan reçoit

— Déjà quand j'étais garçon de café, répond

l'Indien Borgeiro, j'épatais les clients
en pleine pêche

— en croquant des pattes de homard, des coquilles d'escargots et même de marennes. Les portugaises, j'ai jamais pu.

un formidable

— Même qu'un jeune homme bien instruit qui venait souvent déjeuner là me comparait à vé-hache, vous savez : le poète.

marron.

Il s'écroule. On le relève. On lui éponge le blair. Alors il se met à pleurnicher.

'Lzétaient deux vieux copains six mois ensemble qu'ils avaient vécu dans la forêt vierge parmi les Indiens Borgeiros qui sont particulièrement sauvages et puis voilà pour une femme c'est fini leur vieille amitié, 'lzétaient deux vieux copains six mois ensemble qu'ils avaient vécu dans la forêt vierge parmi les

— Change de disque, dit Lulu Doumer. Et puis j'apprécie pas ce genre-là.

— On s'en va ? propose Jacques.

Ils sortent ensemble.

X

Les fossoyeurs se mirent à semer de la terre sur le cercueil descendu, la neige tombait avec jusque au fond du trou et la bière se constellait de taches blanches. Des Cigales verse un dernier sanglot, L'Aumône et Offroir l'arrachent à ce spectacle, des Cigales éponge ses larmes, ils sortent lentement du cimetière. Des tourbillons les enveloppent, la voiture de L'Aumône est déjà toute recouverte. Près d'eux le mont Valérien gèle sa bosse dans un ciel de plomb. On n'entend rien. Les trois hommes montent dans la voiture de L'Aumône.

— Quel temps, dit Offroir.

— Vous allez venir passer la fin de la journée chez moi, dit L'Aumône à des Cigales. Vous resterez dîner.

— J'accepte volontiers, dit des Cigales. L'Aumône, vous avez une âme sensible, bien que vous ne soyez pas poète.

— Je suis votre ami, des Cigales, dit L'Aumône.

— J'ai un de ces cafards, dit des Cigales. Je vous fiche mon billet que je n'ai pas envie d'écrire de poèmes en ce moment. Ah merde alors, penser qu'elle va pourrir comme une charogne ça me fout le cœur à l'envers. Et pour tout le monde c'est pareil, ah merde, merde, merde.

— Allons calmez-vous, des Cigales, dit L'Aumône.

Il avait fini par mettre la voiture en marche, les essuie-glace balayaient doucement les flocons, on avançait silencieusement.

— On dit ça : du calme, du calme. N'empêche qu'il n'y a rien à faire. Ah, c'est épouvantable.

— Hélas, dit Offroir que maints deuils avaient touché.

— Ah je vous fous mon billet que je n'ai pas envie d'écrire des poèmes en rentrant. Quelle vie, quelle vie.

— On oublie, dit Offroir.

Des Cigales se tourna vers lui :

— Vous croyez ?

— Hélas, dit Offroir.

Arrivés au Rond-Point des Bergères ils tournèrent à gauche et remontèrent l'avenue Georges-Clemenceau.

— Après tout, dit L'Aumône, elle n'était plus votre femme depuis des années. Ça devrait vous consoler un peu.

— C'est bien ça justement que je ne peux pas avaler.

Ils se turent jusqu'à la place de la Boule. Bientôt ils seraient dans Rueil.

— Et dire, s'écria des Cigales, et dire que les vers des tombeaux sont en train déjà de la dévorer !

— N'exagérons rien, dit Offroir.

— Comment ça ?

— Madame des Cigales ayant été inhumée en hiver et dans une bière hermétiquement close, il est infiniment probable qu'aucune larve d'insecte n'éclora sur son corps qui se décomposera lentement suivant les processus d'une fermentation naturelle et tombera de cette façon finalement en poussière sans avoir été la proie des travailleurs de la mort comme nous autres entomologues appelons d'une façon imagée et presque poétique ces modestes articulés dont la tâche, éminemment utile, consiste à faire disparaître les cadavres demeurés à l'air libre dans nos contrées, d'animaux principalement puisque ceux des humains sont en règle générale inhumés comme hélas nous venons d'en voir un exemple touchant.

Des Cigales étouffe un spasme.

— Ça, ça me requinque un peu, cette idée qu'elle se desséchera petit à petit, qu'elle finira par de la poudre. Merci, Offroir.

— Voilà les bons côtés de la science, dit L'Aumône un peu jaloux.

— Et, demanda des Cigales, qu'est-ce que

c'est au juste que les asticots funéraires ?

— Je connais un peu la question, dit Offroir, l'ayant étudiée avec le savant docteur Mégnin. Ce sont bien en effet, tout au moins durant les premiers temps de la putréfaction, des asticots puisqu'il s'agit de larves de diptères, notamment de Calliphora vomitoria qui n'est autre que la grosse mouche bleue, de Curtonevra stabulans aux mœurs rurales, de Phora atterrima et d'Ophyra cadaverica lesquelles n'apparaissent que lorsque la fermentation ammoniacale succède aux fermentations butyrique et caséique.

— C'est gai, dit L'Aumône.

— N'oublions pas Rhizophagus parallelocollis qui est un coléoptère et Philantus ebeninus qui est un staphylinide. Remarquons en passant que les Phoras préfèrent les cadavres maigres et les Rhizophages les gras.

— C'est vraiment étonnant, dit L'Aumône, que ces petites bêtes aient des préférences, tout comme les gens.

— Chacun ses goûts, dit des Cigales, mais tout de même ce n'est pas parce que je me délecte avec le gras du jambon pour que vous ayez le droit de me comparer à ces Machin-phages.

— Rhizophages, dit Offroir.

Ils étaient arrivés devant la bonneterie.

— Venez donc prendre un verre avec nous, dit L'Aumône à l'herboriste. Ça vous réchauffera.

— Non merci. Mon commerce m'appelle.

On n'insista pas.

Madame L'Aumône sortit de son stock quelques phrases émues. Des Cigales remercia. Il y avait un bon feu de bois dans la cheminée. Le ponche flamba.

— Il est calé cet Offroir, dit des Cigales. Moi les sciences naturelles je ne les ai jamais potassées. C'est un tort d'ailleurs car il me semble maintenant qu'il pourrait bien en émaner quelque poésie d'une saveur toute particulière.

— Vous allez écrire une poésie sur la mort de cette pauvre madame des Cigales, monsieur des Cigales ? demanda madame L'Aumône qui tricotait une paire de chaussettes pour son mari car elle n'appréciait pas le tout-fait.

— Non, madame, les grandes douleurs sont muettes.

— Eh bien moi quand je me brûle je ne suis pas muette, j'en pousse des « ouille ! ! »

— Voyons, Minouchette, dit L'Aumône, on ne peut pas comparer.

— Non madame, reprit des Cigales, quoique l'amour que j'ai eu pour elle et les déceptions qui en résultèrent pour moi m'aient inspiré quelques-unes de mes meilleures œuvres je dois vous avouer qu'une grande pudeur m'interdit d'utiliser à des fins esthétiques le douloureux événement qui m'accable en ce jour.

— Ça signifie que vous n'en écrirez pas, demanda madame L'Aumône.

— C'est ce qu'il t'a expliqué, dit L'Aumône.

— Les poètes sont d'humeur capricieuse, dit madame L'Aumône.

— C'est ça la poésie, dit des Cigales.

— Si l'on faisait un jacquet, proposa L'Aumône.

— Pourquoi pas ? dit des Cigales. Ça nous changera les idées.

L'Aumône alla chercher la boîte et l'on n'entendit plus que les dés roulant et les disques s'empilant et de temps à autre une réflexion inspirée par le jeu ou bien la voix d'une auto dans la nuit neigeuse. Lorsqu'il fut sept heures madame L'Aumône se lève et dit : nous allons dîner. Les deux hommes terminèrent la partie et l'on s'installe. La bonne apporta la soupière, alors on entendit sonner à la porte.

— Tiens, dit tout le monde, qu'est-ce que ça peut bien être.

On n'attendait personne. La bonne alla voir. Madame L'Aumône commence à verser le potage. Mais elle interrompt cette besogne et louche en l'air tend la peau du tympan car il se passe quelque chose. On entend des voix. Il se passe quelque chose mais qu'est-ce qui peut bien se passer ?

La bonne entre affolée :

— C'est une dame qui se dit madame L'Aumône et un petit garçon qui

Mais voilà le petit garçon. Il a un capuchon encore saupoudré de neige, il a six ans peut être, il a des gros souliers tout boueux. Il se précipite sur des Cigales en criant « bonjour grand-père », il l'embrasse puis court sur madame L'Aumône en clamant « bonjour grand'mère ! ». L'erreur qu'il a commise dans l'identification de son aïeul n'aide pas à éclaircir la situation. Mais voici la dame. Elle a un de ces galures; et un misérable imperméable. Elle n'est pas moins enneigée que le gosse.

— Je suis votre fille ! s'écrie-t-elle.

Et montrant le marmot :

— Et voilà votre petit-fils !

Elle enlève sa gabardine et la tend à la bonne.

— Michou ! viens que je te déshabille. Eh bien ! tu en as fait du dégât avec tes pieds sales ! Heureusement qu'il y a des chaussons dans la valise.

A la bonne :

— Allez me chercher ma valise.

La bonne y court.

Enfin parle L'Aumône :

— Je voudrais savoir, madame...

— Nous en avons eu du mal à trouver la maison. Michou, chauffe-toi les pieds. Regarde le beau feu qu'il y a. Avec cette nuit et cette neige j'ai cru qu'on ne trouverait jamais.

— Madame...

— Eh bien quoi ? Vous ne devinez pas qui

je suis ? Vous n'allez pas me dire que vous ne connaissez pas mon existence ? Allons donc !

— C'est donc vous, dit madame L'Aumône paisiblement.

— Lequel des deux qu'est grand-père ? demanda Michou.

— C'est moi mon petit lapin, dit L'Aumône.

— Il est gentil ce petit, dit des Cigales.

— Vous dînerez bien avec nous, dit madame L'Aumône.

— Il ne s'agit pas seulement de dîner, dit Suzanne. Je viens vous demander l'hospitalité.

— Dînons toujours, dit madame L'Aumône. Le potage refroidit.

Il n'était pas difficile d'ajouter deux couverts.

— J'aime pas la soupe, dit Michou.

— Ne commence pas à nous faire suer, dit Suzanne.

— On ne va pas l'obliger à manger de la soupe s'il ne l'aime pas, dit L'Aumône. N'est-ce pas mon petit ?

— Oui grand-père. Grand-père est un bon zigue.

— Si c'est comme ça que vous allez l'élever, dit Suzanne.

— Il faut laisser un peu de liberté aux enfants, dit des Cigales.

— Vous êtes de la famille ? demanda Suzanne en le toisant. Nous n'avons pas encore été présentés, ajouta-t-elle plus aimablement.

— Monsieur Louis-Philippe des Cigales est poète, dit L'Aumône.

— Ah c'est vous des Cigales. Jacques m'a souvent parlé de vous. Ça vous a réussi le médicament qu'il vous a envoyé ?

— Je suis très superstitieux. Si je dis qu'un médicament me réussit ensuite il ne me fait plus aucun effet.

— Je vous comprends. Jacques il avait aussi des manies comme ça. J'en avais du mal à savoir ce qu'il fabriquait. Il prétendait que s'il le racontait ça ferait tout rater.

— Il était déjà comme ça étant petit, dit madame L'Aumône : un peu cachottier.

— C'est pas tant qu'il était cachottier, dit Suzanne, mais il était pas très confiant confiant.

— Je veux la gousse d'ail, dit Michou parce qu'on apportait le gigot.

— Tu l'auras mon petit lapin, dit L'Aumône.

— Il avait confiance en moi quand il était petit, dit madame L'Aumône. Il me disait : tu verras, maman, je deviendrai professeur, et il m'expliquait comment, ou bien médecin, et il m'expliquait comment. C'est quand il a eu dans les treize ans qu'il a cessé de me raconter ce qui lui passait par la tête.

— J'aurais voulu qu'il prenne ma succession ici, dit L'Aumône, mais il voulait devenir médecin parasitologue pour étudier les poux entre autres.

— Hi hi, fit Michou. Les poux.

— Comment t'appelles-tu mon petit chou, demanda L'Aumône.

— Michel, dit Suzanne.

— Michou, dit Michou.

— Et quel âge as-tu mon succulent, demanda des Cigales.

— Six ans. Pourquoi as-tu cette grande cravate, monsieur.

— Il est charmant, dit L'Aumône.

— Il est peint sur le vif, dit des Cigales.

— Il travaille bien à l'école ? demanda madame L'Aumône.

— Pas mal, dit Suzanne, mais il a attrapé des poux.

— Ah voilà, dit L'Aumône.

— Grand-père, dit Michou, je veux une autre gousse d'ail.

— C'est un petit gars dans le genre de Henri IV, dit des Cigales.

— Ne vous laissez pas faire, dit Suzanne.

— Je n'arrive plus à me souvenir si Jacques aimait l'ail, dit L'Aumône.

— C'est bien de la bonneterie que vous fabriquez, monsieur L'Aumône ? demanda Suzanne.

— Oui madame, dit L'Aumône.

— Le petit aurait besoin de flanelles et de chaussettes, dit Suzanne.

— Et d'une trottinette, dit Michou.

— Ce qu'il peut être drôle ce gamin, s'exclama des Cigales.

— Tu l'auras va, dit L'Aumône.

— Et une auto à pédales aussi je voudrais bien, dit Michou.

— Je t'emmènerai dans la mienne, dit L'Aumône, une grande, une vraie.

— Dis donc maman, c'est chouette, grand-père a une auto.

— Tu es content hein mon petit sabot, dit madame L'Aumône.

Tant et si bien qu'on finit de dîner.

Des Cigales plein de tact voulut à toute force se retirer. L'Aumône tint absolument à le raccompagner. Pendant ce temps madame L'Aumône montra sa chambre à Suzanne. On y installe un petit lit et l'on y couche Michou non sans mal ni protestations. Les deux femmes redescendent devant le feu.

L'Aumône rentre. On l'a entendu taper des pieds pour faire tomber la neige. Il s'arrête dans le couloir pour se déchausser et mettre des pantoufles. Il s'assoit entre les deux femmes.

— Alors ma fille, dit-il.

Suzanne leva le nez.

— Nous attendons que vous nous racontiez votre histoire (passé) et que vous nous mettiez au courant de vos intentions (futur). Pour le moment (présent) vous êtes ici chez nous s'il est bien vrai que vous êtes l'épouse de notre fils.

— Je suis née, dit Suzanne, il y a entre vingt

et trente ans de ça dans un petit village du Haut Quercy. Mes parents étaient métayers, leur ferme qui était bien sale appartenait au comte de Vigenève. Dès que j'eus atteint l'âge de cinq ans personne ne put plus douter que j'étais sa fille et que ma mère femme d'une petite taille avait fauté avec notre aristocrate patron. Mon père qui n'était guère grand fit mine de rien car il craignait les baffes de son épouse, qu'elle donnait fortes, et de perdre sa place. Mais, tout cela ne le conduisit pas à me beaucoup aimer. Aussi n'avais-je encore que six ans lorsqu'il tenta pour la première fois de me violer. Heureusement qu'un valet survint et mon père dut reboutonner sa culotte en grommelant des propos peu aimables pour le bonguieu. Le valet s'appelait Théodulphe et ce fut lui qui me dépucela trois semaines plus tard malgré moi bien entendu. Déjà je n'avais que peu de goût pour la vie des champs. On me fit aller à l'école à six kilomètres de là. Qu'est-ce qu'on ne se mettait pas comme pâtées avec les garçons. Quand je fus un peu plus grande ils s'associaient à cinq ou six pour me tâter la poitrine et voir ma conformation naturelle. Quant à mon papa, je parle du faux, il me coursait tout le temps dans le noir pour que je l'aide à commettre l'inceste de sa vie, qui n'en eût pas été un d'ailleurs, puisqu'il n'était pas mon père, lequel, au fait, entre temps, était mort d'un accident de chasse. Pas besoin de vous dire que mon papa, le faux, y était pour quelque chose, la vache. Il s'appelait Bordieu le mari de maman j'allais oublier de vous le dire et moi je m'appelle Suzanne Bordieu. A quatorze ans j'en avais absolument marre de la ferme Bordieu. A trois kilomètres de chez nous il y avait une mine de wolfram où travaillaient surtout des Nord-Africains logés dans des baraquements. Mon idéal ç'aurait été d'être serveuse dans le bistrot qui se trouvait là : on y faisait ronfler un phono à longueur de journées, on y fabriquait du couscouss, connaissez ça ?

— Non, dirent les vieux parents.

— On y buvait sec du vin blanc de telle sorte que souvent ils sortaient couteaux et rasoirs et alors ça valsait les estafilades. On comptait en moyenne deux égorgés par semaine. Un jour que le père Bordieu s'était montré particulièrement sale lubrique et stimulé je fis ma valise dans laquelle je mis ma paire de bas de soie mon porte-jarretelles et mon coton hydrophile et disant adieu à ces murs morveux et fermentés qui m'avaient si souvent vue en proie aux satyres je pris mon vol vers d'autres civilisations un peu plus civilisées. Inutile de vous dire que le patron du bistrot ne voulut rien savoir et me mit à la porte : il avait trop peur du père Bordieu. Qu'allais-je devenir ? Un des Nord-Africains qui avait une moto me dit : « Toi mignonne pitite » ce que j'étais sans trop me vanter et proposa de m'emmener à la ville voisine : j'acceptai. Je grimpe donc sur sa machine et en route. C'est épatant vous savez la moto.

— Nous n'en avons jamais fait, dirent les vieux parents.

— La nuit tombait, les étoiles s'allumaient une par une. On filait à toute pompe à travers le crépuscule sur la nationale 308 B. Quel voyage. Quel souvenir. L'arabe qui s'appelait bou Amou ben Tobler me mena dans le petit hôtel où il habitait car étant un peu plus aux as que les autres il avait plaqué les baraquements. « Toi coucher dans chambre à moi » me dit-il « et moi coucher dans chambre à copain à moi bou Addou ben Suchard ». Ce qu'il fit. Qu'est-ce que vous en pensez ? Si ce n'est pas ça ce qu'on appelle un gentleman je veux bien qu'on coupe les machines au père Bordieu qui méritent d'être coupées de toute façon d'ailleurs.

— Ce fils du désert se conduisit de noble façon, dirent les vieux parents.

— Tu parles, mais minute. Au bout de huit jours de vie paisible et chaste du moins en ce qui me concerne car pour les deux copains je ne veux même pas vous suggérer ce qu'ils pouvaient fabriquer entre eux...

— Oh vous ne nous suggérez rien, dirent les vieux parents.

— Au bout de huit jours donc bien agréables

on allait ensemble au cinéma ou au café sans s'en faire au bout de huit jours par conséquent les deux bicots un matin viennent toquer à la porte de ma chambre je demande kixé et les voilà qui entrent. Bien habillés tous les deux c'était dimanche ils me disent : « Nous avoir sacré foutu béguin pour toi, pitite poulette, toi choisir entre nous deux. » Y avait rien à dire, c'était régulier, pas vrai ? Naturellement je choisis ben Tobler qui avait été si correct avec moi il faut bien qu'il y ait une justice mais au bout d'un mois environ plus ou moins il me perdit au jeu et je devins alors la maîtresse de ben Suchard pas pour bien longtemps car il trouva son maître et moi aussi en la personne de Tanaïsky dont le père fut russe-blanc et la mère moricaude. Ce beau garçon quoique simple mineur était au mieux on se demande pour quelles raisons avec l'un des principaux personnages de cette petite ville un nommé Baponot qui fabriquait de l'engrais pour les cochons et de la pâtée pour les poules. Tanaïsky me fit entrer comme bonne chez Baponot pour quelles raisons on se demande car ce contribuable ne songea même jamais à me tâter le croupion.

— Vous êtes une petite rigolote, dirent les vieux parents.

— Ce que j'ai à vous raconter maintenant n'a rien de drôle car un beau matin vous me croirez si vous voulez on trouva Tanaïsky tanaïsqué. Il se refroidissait dans le brouillard de l'aube, truffé réglementairement de six balles de revolver. J'en étais bien débarrassée, monsieur Baponot aussi, car je dois vous dire qu'il, le Tanaïsky, était très insupportable. Comme conclusion de cet épisode Baponot m'orna la paume de la main d'un billet de mille et me pria de disparaître, ordre que j'exécutai prompto en prenant le train pour Paris où j'arrivai quatre heures après conformément à l'horaire. Je n'ai pas fait trois pas sur l'asphalte de la grand'ville qu'un jeune barbeau me propose de me défendre contre les atteintes du sort et des polices et à l'occasion soutenir mon courage dans la dure lutte pour la vie, qui est celle des habitants des capitales européennes. Je refuse en termes verts qui étonnent le citoyen, comme il m'injurie je le menace de mon riflard et vive l'indépendance !

— Vous aviez bien raison ma fille, dirent les vieux parents.

— Je vais coucher chez une copine démerdarde qui dès le lendemain me trouve une place. Je passe rapidement sur les différents bistrots où les circonstances me conduisirent à opérer. Le dernier fut le Petit Cardinal qui avait pour patron les Duseuil. J'y étais depuis environ six mois, on n'avait pas une clientèle bien passionnante, du boutiquier du quartier, de l'employé, du facteur, pas grand'chose d'intéressant, quand un jeune étudiant pas mal du tout de sa personne, vous avez déjà reconnu Jacques,

— C'est vrai que c'est un beau garçon, dirent les vieux parents.

— prit l'habitude de venir pour le petit déjeuner tous les matins. Il aimait les chevaux, le patron aussi, bref ils en causaient, et avec le Tonton il parlait un peu de tout, arts, sciences, philosophie. Le Tonton c'était l'oncle de madame Duseuil un curé défroqué qui avait tout plaqué pour une écuyère de cirque. Je ne sais comment ça se fit mais un jour Duseuil invite Jacques à sa table et il en vint ainsi à prendre pension au Petit Cardinal où la croûte n'était pas mauvaise faut bien le dire. Il mangeait avec nous, nous c'est-à-dire les deux patrons, le Tonton, moi et le garçon, le garçon il y en a eu plusieurs : Alfred, Théodore, Jean, Horace, j'en oublie peut-être ça ne fait rien. A se voir comme ça tous les jours on a fini par se plaire Jacques et moi et il est arrivé ce qui arrive assez fréquemment dans ces cas-là : on s'est conjointé, mais on ne pensait pas bien précisément au mariage, faut nous excuser : la jeunesse.

— On commence à comprendre, dirent les vieux parents, mais on y a mis le temps.

— On s'aimait, on était heureux, quand voilà que mon Michou s'est mis à pousser dans mon ventre, et puis Jacques a eu des ennuis et vous ne vouliez plus le voir.

— Hélas, soupirèrent les vieux parents.

— C'était la poisse, la pouille, la misère, la débine. Alors j'ai pensé à Baponot, je lui ai écrit bien gentiment mais de façon définitive et intelligible. Il m'a répondu qu'il cherchait un chimiste. Ça convenait tout ce qu'il y a de bien à Jacques, alors on s'est installé dans la petite ville où Baponot avait son usine. Jacques s'est mis à travailler sérieusement mais bientôt il a imaginé de fonder une troupe théâtrale je vous demande un peu !

— L'art dramatique ça ne l'a pourtant jamais beaucoup intéressé, dirent les vieux parents, pas plus que le cinéma, sauf quand il était tout petit, Jacques, pour aller voir les coboys.

— Toujours est-il qu'il rencontra trois pelés et deux tondus, des gamins et des petites traînées et qu'ils ont voulu faire les saltimbanques en jouant une pièce, je ne sais pas de qui, une connerie quelconque. Ça me faisait grincer des dents cette histoire-là. Comme s'il n'aurait pas été préférable pour lui de gratter à son labo pour devenir un Branleur ou un Pasty, un grand savant quoi.

— Vous avez cent fois raison, dirent les vieux parents, il serait peut-être célèbre à l'heure qu'il est.

— Et moi je devais rester à la maison à récurer

le derrière de Michou et à torcher les casseroles. Merci ! Et par là-dessus un beau jour mon époux a disparu. Il est froidement parti avec une tournée de passage, comme ça, dans la nuit, la bouche en cœur, sans rien me dire. Bien vrai ! Ce n'était pas chic. Je trouve même ça salement infâme et drôlement saligaud. Depuis je ne l'ai jamais revu, je n'en ai même jamais entendu parler. J'ai travaillé en usine, depuis, mais voilà, il y a la crise, alors plus de boulot, alors j'ai pensé à vous, alors me voilà, moi et votre petit-fils.

— Bref, dit L'Aumône, vous seriez heureuse de vivre maintenant avec nous.

— Exact, dit Suzanne.

— Eh bien, dit L'Aumône, soyez la bienvenue ma fille.

Sur ce, tout le monde se bécota.

— Mais c'est vrai au moins tout ce que vous nous racontez là ? demanda L'Aumône.

Suzanne étendit le bras et lança un peu de salive sur le tapis.

— Notre fils, dit le père, qu'est-ce qu'il a bien pu devenir.

La mère soupire. Elle tricote. Suzanne lit des romans policiers. Michou est distrait. Le journal donne les dernières nouvelles.

— Il est peut-être bien parti pour la colonie, suppose-t-on.

C'est une autre paire de bas, c'est un autre

roman policier, c'est une autre distraction, c'est un autre journal.

— Est-il roi dans quelque île, se demande-t-on. Michou fait des bonshommes tout noirs. Ils sont bien informes.

— Nous a-t-il délaissés pour un bord plus fertile ?

On soupire. Il faut attendre que l'hiver passe et puis ce qu'il y a de froid dans le printemps. Alors on lit on tricote on cause on court dans le jardin pas bien grand pourtant. La fabrique est à côté construite au temps de Thiers de Grévy au plus tard assez bonnasse patriarcale artisanale corporative. On y fait des flanelles pour les pauvres ruraux.

— Jamais il n'a songé à prendre ma succession. Ça ne l'a jamais intéressé.

L'Aumône a fait visiter les ateliers à Suzanne, une fois. Suzanne s'est déclarée satisfaite mais n'a pas demandé à recommencer. Elle lit un autre roman policier. Madame L'Aumône tricote une autre paire de chaussettes.

— Papa est général en Chine, déclare Michou.

— Il aimait beaucoup la stratégie, dit L'Aumône. Il l'avait étudiée dans des livres spéciaux. Il faisait des plans et dessinait des rectangles qu'il coloriait ensuite de façons différentes d'après ce que c'était : des uhlans, des zouaves, des gaulois ou la garde impériale. Il disait qu'il entrerait à l'École de Guerre.

— Papa est le pape, prétend encore Michou.

— Sa première communion fut exemplaire. Il travaillait bien son latin pour lire plus tard son bréviaire. La confirmation l'avait enthousiasmé, surtout l'évêque. Ça ne m'aurait pas trop déplu qu'il entre dans les ordres bien que je préfère avoir un petit-fils. Pendant deux mois il ne parla que du séminaire. Puis il cessa d'y penser. Il devenait athée.

— Qu'est-ce que c'est que ça, pépé ? demande Michou.

— T'occupe donc pas, lui répond Suzanne sans lever les yeux.

Elle lit un autre roman policier. Mais madame L'Aumône ne tricote pas toujours des chaussettes, parfois c'est un poulaud vert.

— Papa est pirate, dit Michou.

— Quand on est revenu de voir les transatlantiques au Havre il ne pensait plus qu'à une chose : la marine. Il dessinait tout le temps des bateaux et il apprenait à reconnaître les étoiles. Ensuite il préféra les ambassades.

— Un pirate a des trésors, dit Michou.

— Je ne me vois pas ambassadrice, dit Suzanne.

Le poulaud vert terminé un passe-montagne est mis en chantier bien que ce ne soit pas une nécessité absolue. Michou se sent une vocation d'ingénieur.

— Papa fait des inventions, annonce Michou.

— Il avait des idées. A dix ans il avait inventé une trappe à mouches, à douze une nouvelle méthode pour gonfler les pneus de bicyclette, à quatorze un moulin à distribuer les cartes à jouer.

— Rien de bien sérieux, dit Suzanne.

Quand l'automne arrive on se dit que Jacques n'est sans doute rien devenu du tout.

— Pourvu même qu'il ne soit pas allé au bagne, pense la famille.

Mais on ne s'exprime pas lorsque Michou se trouve là.

Et l'hiver va de nouveau recommencer. Non décidément Jacques L'Aumône n'est rien devenu pas même un escroc international pas même un assassin connu même pas un fripon célèbre. Il doit travailler obscurément dans quelque bureau dans quelque usine dans quelque ferme même sait-on. Serait-il, autre hypothèse, décédé ? Reposerait-il dans quelque lointain et perdu village sous une humble pierre dans l'étroit cimetière où l'écho nous répond tandis que le saule vert s'effeuille à l'automne et qu'à l'angle d'un vieux pont un mendiant chante sa chanson monotone et naïve ?

— Avoir plaqué sa femme et son gosse lâchement, dit Suzanne, voilà son plus grand exploit.

— Il était d'un égoïsme féroce, dit le père tandis que les feuilles mortes s'entassent dans l'avenue.

— Tu exagères, tu exagères, dit madame L'Aumône.

— Avoir laissé tomber sa femme ça s'excuse ce sont des choses qui arrivent mais abandonner son enfant : non !

Madame L'Aumône soupire.

On ne s'est jamais fait beaucoup d'illusions sur son compte. On ne s'en fait plus du tout. On s'abstient de tout commentaire devant Michou. On lui a offert des cubes dits géographiques, il est un peu jeune pour apprécier cette science la cartographie mais ça lui permet de voyager avec son père.

On continue qui son roman policier qui son tricot qui son mot croisé qui ses jeux et l'hiver vient petit à petit sautant de branche en branche de toit en toit glissant le long des gouttières sur les ruisseaux branches mortes toits gris gouttières éclatées ruisseaux gelés. Michou rentre de l'école avec son gros cartable, il déploie sa science sous la lampe tandis qu'auprès du mirus ronflant se groupe le reste de la famille.

Il travaille bien Michou : aussi le voit-on premier en toute matière : arithmétique, dessin, hygiène sociale, calligraphie : toujours premier. Aussi a-t-il souvent droit au cinéma récompense. Il n'y va ni avec ses grands-parents qui méprisent le cintième art ni avec sa mère trop flemmarde ! Des Cigales l'y conduit. Ils commentent ensemble les productions qu'ils ont vues, ils apprécient les comédiens, ils jugent. Les journaux parlent de plus en plus d'un certain James Charity acteur américain d'origine française paraît-il et dont on prétend même jouer un de ces jours un film à Paris un film parlant le français bien qu'usiné dans les Ehus.

Dans le jardin après le déjeuner Suzanne lit un roman policier et madame L'Aumône tricote et son époux somnole et Michou travaille il travaille bien Michou et des Cigales après avoir longuement concocté son deuil dans la retraite au point d'en avoir fait une sorte de caillot gluant qui parfois encore lui soulevait le cœur et lui remontait au gosier des Cigales maintenant quotidien visiteur des L'Aumône regarde par-dessus le journal de cinéma qu'il parcourt avec assez d'intérêt regarde les jambes de Suzanne car hélas hélas comme c'est pas compliqué Suzanne a pour lui de multiples charmes des cheveux au talon et du renforcé des bas de soie à la permanente platine.

— Eh eh voilà qui est curieux.

C'est lui qui a parlé.

— Je vais vous lire ça.

Il commence.

Alors les aiguilles se décroisent et le roman policier se ferme un doigt entre les pages comme signet et les leçons de choses sont abandonnées par un œil lassé des micas et des schistes.

« La propriété de James Charity, style Renais-
« sance, au sommet d'une colline se trouve, un
« parc immense l'entoure. La puissante voiture
« du grand acteur qui est venue nous chercher
« à notre hôtel s'arrête enfin. James Charity nous
« attend devant la porte, entouré de ses sécrétaires
« et de quelques domestiques. Après avoir tra-
« versé une vaste salle de billard, notre compa-
« triote demeurant fort amateur de ce jeu qui
« est presque un sport, nous pénétrons dans un
« patio calme lieu dont ne trouble le silence, si
« c'est là troubler, qu'un jet d'eau mince et li-
« quide. »

— Faut-il être riche pour avoir tout ça, dit Suzanne.

— Attendez attendez ! le plus beau va venir tout à l'heure. Je continue.

« Nous nous installons autour de mint-
« juleps. »

— Qu'est c'est que ça ?

— Des fleurs ?

— Des coquillages ?

— Ils devraient expliquer les mots difficiles. Je continue : « Et nous commençons aussitôt
« notre labeur :

« — James Charity, vous êtes bien n'est-ce
« pas ? d'origine française, n'est-ce pas ?

« — Quasi parisienne même car né je fus
« en Rueil noble ville située près de Pontoise
et non loin de Suresnes. » Hein qu'est-ce que

vous en pensez voilà où je voulais en venir : un compatriote.

— Pourtant, dit madame L'Aumône, je ne connais pas de Charity autour de nous.

— Pourtant c'est écrit noir sur blanc. C'est un gars de Rueil comme moi. Je continue :

« Vous fûtes sans doute en votre enfance « quelque insupportable gamin ?

« — Non je crois. Je dirais bien un peu « aimant la buissonnière école. Déjà, tant si « jeune, j'assidûment fréquentais les salles obs- « cures.

« — Se manifestait déjà, tant si jeune, votre vocation pour le ennième art ?

« — Oui certes sacrédié. Ah ! les cow-boys « du muet, les vampires du tacite, les max- « linder du silencieux, les charlot de l'aphone, « combien passionné fus-je de leur geste, épique « en son genre, dirai-je. »

— Il cause drôlement bien pour un Américain, dit Suzanne.

— Je ne vois que vous monsieur des Cigales pour s'exprimer aussi bien, dit madame L'Aumône.

— Faut reconnaître que c'est bien tourné. Je continue.

— « Et sur votre famille, père et mère, « frères et sœurs, quelques détails sans doute « nous pourrez-vous fournir à notre et leur ou

« son, j'entends du public, bien qu'excusable, « excessive curiosité ? n'est-ce pas ?

« — Rien ne cacherai-je de mes origines. « Un père dans la chaussette, une mère insigni- « fiante, point de frères, point de sœurs, voilà « toute ma tribu pour laquelle gardai-je encore « cependant toujours néanmoins une affection « quelque. »

— Je suis pourtant le seul bonnetier de Rueil que je sache ! s'écria L'Aumône. Je n'y comprends rien !

— Inconcevable, dit madame L'Aumône.

— Attendez voir le plus curieux. « Et par » c'est le publiciste qui parle, « et par de certes « détourné chemin vous parvîntes à la cinéma- « tographie n'est-ce pas ?

« — Un détourné certes chemin : l'épithète « est topique car le chemin passa par bien des « métiers dont la chimie agronomique que « quelque temps je pratiquai dans une modeste « cité où peu oh très peu oui d'occasions à « moi se présentaient pour permettre des miennes « facultés et vocation le développement, artis- « tiques.

« — Comment pûtes de ce bled vous en « sortir; dirai-je n'est-ce pas ?

« — En me jetant dans le flux comédien qui « coule en les routières veines de ma patrie « natale sous forme de tournées, cirques et « romanichels plus ou moins. L'un jour partis

« avec ambulante troupe et oncques mes oncles « ne me revirent pas plus d'ailleurs supplémen- « tairement femme enfants parents chiens veau « vache et couvées. »

— Que faut-il entraver dans tout ça ? demanda Suzanne.

— C'est un garçon dans le genre de Jacques, de notre Jacques à nous. Seulement lui est arrivé. Tandis que le nôtre...

Monsieur L'Aumône soupirant, sa femme fit de même. Suzanne les imita. Michou pudiquement baissa les yeux.

— Je continue, dit des Cigales au plus profond d'un creux silence. « — Ainsi » c'est le publiciste qui parle « aviez-vous dirai-je pour « ainsi dire un pied quelconque, droit ou gauche « qu'importe, un pied enfin dans si je puis dire « l'étrier n'est-ce pas ?

« — Tu parles. Mais j'étais alors assurément « certes du compte loin. Mes débuts cinéma- « giques oh combien combien modestes ils « furent. Figurant vulgaire voilà ce que consen- « tis-je d'être bien que déjà je susse l'acteur « grand que je devais être un jour, maintenant. »

— Oh la barbe, dit Suzanne, il nous casse les pieds avec son jargon et qu'est-ce qu'il se croit pas; il est puant.

— Je pensais que ça vous amuserait, dit des Cigales. La suite est pourtant intéressante. Il est allé chez les Indiens Borgeiros.

— Oh lis-nous ça Loufifi, dit Michou.

Lui il y est allé déjà des tas de fois chez les Indiens et pas seulement les Borgeiros mais aussi les Jivaros les Zunis les Comanches les Iroquois. Tout de même ce voyage de Pombal à San Culebra del Porco l'impressionne. Quel homme que ce James Charity ! Quel héros ! Quel grand homme ! Quel acteur !

Le parlant français de James Charity petit ta petit peu ha peu za tout doucement fini par s'amener au Rueil Palace. Michou y entraîne des Cigales. Suzanne ne se décide pas. On commence par avaler les actualités, puis un documentaire sur la sardine, puis l'entr'acte avec ses eskimots-brique, et sa publicité, enfin ça y est, la Ramon Curnough Company présente La Peau des Rêves, avec James Charity et Lulu L'Aumône.

— Tiens, dit Michou, elle s'appelle L'Aumône. Comme moi. Comme papa.

Des Cigales ne répond rien.

Le film commence. Ça se passe en France : pioupious en phalzar garance, messieux petits et nerveux à chapeau haut de forme et moustache, voitures de foin conduites par des charretiers en blouse. Le premier cinéma : un hangar, des bancs, entre chaque bobine ça s'arrête, un phono pour faire le parlant. Des tas de gosses sont là, l'objectif distingue l'un d'eux, un de ses camarades lui crie « eh James ! » un autre « eh

Charity ». On a compris : ce joli petit garçon brun bouclé c'est le futur grand acteur James Charity.

On projette un film de cow-boys avec William Hart. Enthousiasme des mômes. L'un d'eux, c'est James Charity, se lève, monte sur la scène, entre dans l'écran. Il a grandi, il est devenu homme, il est habillé en cow-boy maintenant, il saute sur un cheval et le voilà qui galope. Poursuites, coups de revolver, jeunes filles blondes et bottées enlevées par des traîtres bruns et bottés, Indiens à plumes, morts violentes. L'action se termine. James embrasse l'héroïne sur la bouche, puis il sort de la toile, redescend de la scène et reprend sa place, de nouveau petit garçon.

— Je n'y comprends rien, dit Michou.

James grandit, toujours emporté par ses rêves. On le voit explorateur, inventeur, artiste, boxeur, voleur, il rêve, il rêve encore, à quoi cela le mène-t-il ? On voit poindre le nez des magistrats. Les spectateurs frémissent.

— On ne va pas le mettre en prison ? demande Michou.

Des Cigales le fait taire.

Puis ce sont de nouveaux songes : il suit une troupe en province, roman comique. Le hasard le mène aux premières figurations. On voit le bal des Poux où James joue le rôle d'un méchant garçon. Et ce sont d'autres films dans lesquels à des échelons divers on le voit apparaître, tantôt explorateur, tantôt inventeur, tantôt artiste, tantôt boxeur, tantôt voleur. Il va se promener chez les Borgeiros Indiens particulièrement sauvages. A San Culebra del Porco il rencontre une jeune actrice Lulu L'Aumône. Ils iront tous deux à Hollywood voir un peu ce qu'ils y peuvent faire. Et très vite c'est le succès la gloire les triomphes. James finit par épouser Lulu L'Aumône et tandis qu'il la baise sur la bouche il signe (de l'autre main) un contrat royal pour son parlant polyglotte La Peau des Rêves.

C'est fini.

— C'était beau, dit Michou.

Rentré chez lui des Cigales fume une pipe en feuilletant ses poèmes. Il en lit un par ci, un par là. Il ne les trouve pas si mauvais, celui-ci par exemple qui aurait paru dans l'anthologie de Jacques L'Aumône si celle-ci avait jamais paru. Il soupire, il lance quelques bouffées de tabac vers le plafond. On sonne. Il va ouvrir. C'est Suzanne. Il l'embrasse.

— Alors ça t'a plu ce film ? demande-t-elle.

Elle commence à se déshabiller.

— Beaucoup, dit des Cigales.

Il la regarde. Elle enlève ses bas.

— Quelque chose m'a paru curieux, reprit-il; les acteurs; des nouveaux, mais il m'a semblé les avoir déjà vus quelque part.

— On s'imagine parfois des choses, dit Suzanne en s'étendant sur le lit.

— Bien sûr, dit des Cigales. Bien sûr.

Il range son manuscrit dans un tiroir qu'il ferme à clef. Il se dirige vers le plumard.

FIN